JN430846

사면초가의 전생자

현자의 손자 16

요시오카 츠요시 지음
키쿠치 세이지 일러스트
김덕진 옮김

현자의 손자
16
사면초가의 전생자

앨리스 코너
신 월포드
시실리 월포드

……앨리스?!
앨리스의 너무나도 달라진 모습에
나도 모르게 몸이 굳고 말았다.
실버도 얼마 전까지 활기찬 누나였던 앨리스가
얌전한 누나로 변해서 당황했다.
"아버님과 어머님께서
신 군의 집에 가신다고 하셔서
마중 나왔어요."

현자의 손자 16

Contents

서장

시실리가 아이를 낳았다.

태어난 아이는 여자아이로, 이름은 『샬럿』이라고 지어 주었다.

큰 축복을 받으며 태어난 샬럿은 나와 세실리, 할아버지와 할머니, 세실 장인어른과 아일린 장모님, 오빠인 실버로부터 많은 사랑을 받으며 쑥쑥 자랐다.

샬럿은 『샤를』이라는 애칭으로 불렸고 이름을 부를 때마다 기뻐하며 웃는 모습이 정말로 사랑스러웠다.

태어나고 시간이 지나면서 용모가 가지런해지며 지금은 상당히 귀여운 얼굴이 되었다.

참고로 딸 자랑을 늘어놓은 것 같지만 딸바보는 아니다. 다른 사람들도 그렇게 말하니까.

그리고 낯을 가리지 않고 애교가 있어서 가족들 이외에도 얼티밋 매지션즈 동료들과 나타샤 씨와 미란다 등도 예뻐해 주었다.

뭐, 제일 예뻐하는 건 예카테리나 씨일지도 모르겠지만…….

그전에도 상당한 빈도로 우리 집에 왔지만 샤를이 태어난 뒤로는 며칠 간격으로 놀러 오셨다.

그리고 실버와 샤를이 자신을 『할머니』라고 부르지 않도록 애쓰는 모습이었다.

실버는 말을 제법 확실히 할 수 있게 됐기에 지금 막지 않으면 늦을지도 모른다.

……이미 늦었을지도 모르지만.

이래저래 새로운 가족을 맞이한 월포드 가는 나날이 떠들썩해졌다.

아이가 있는 집 특유의 활기를 느끼며, 자신이 행복한 사람이라는 사실을 다시금 실감하게 됐다.

바라건대 이 행복이 계속 이어지기를…….

태어나자마자 바로 이번 생의 부모님을 마물의 습격으로 잃었던 나는 이 행복한 광경이 계속 이어지기를 바라지 않을 수 없었다.

제1장 새내기, 어서 오세요

시실리, 올리비아, 엘리가 아이를 낳자 알스하이드 왕국은 다시금 축하 분위기에 휩싸였다.

왕태자비인 엘리가 낳은 왕녀는 이름을 옥타비아라고 지었고, 동료들에겐 비아라 불리며 귀여움을 받았다.

디스 아저씨는 첫 손녀인 비아를 사랑스럽게 안으며 왕녀가 주위로부터 공경받는 일은 있어도 이렇게 귀여움받는 일은 없을 거라고 말했다.

오그의 말에 의하면 자신이 어렸을 땐 부모님 이외엔 편히 대해주는 사람이 아무도 없었다고.

하긴 왕족이니 보통 그렇겠지.

우리는 오그가 왕족이라는 사실조차 가끔씩 잊을 정도로 친하게 지내니 아무래도 친구의 아이로 대하게 된다.

그러나 그건 우리 사이의 일이고, 다른 귀족들은 달랐다.

생후 몇 개월이 지나고 공식 석상에 모습을 드러냈을 땐 다 큰 어른들이 무릎을 꿇고 머리를 조아렸다고 집으로 놀러온 세실 장인어른이 샤를을 안으며 알려주셨다.

"그런 말을 들으니 오그가 왕족이라는 사실을 다시 깨닫게 되네요."

"아니…… 보통 사람이라면 그런 말을 듣지 않더라도 아우구스트 전하가 왕족이라는 사실을 잊지 않을 텐데……."

"본인도 때때로 왕족이라는 걸 잊는다던데요?"

"전하……."

세실 씨는 그렇게 말하며 맥없이 고개를 숙였다.

그 모습이 재밌었는지 샤를이 웃으며 세실 씨의 얼굴을 찰싹찰싹 때렸다.

시실리와 장모님인 아일린 씨가 웃으며 그 광경을 바라보았다.

"할머니, 할아버지가 왜 저래요?"

아일린 씨의 무릎 위에서 안긴 실버는 할아버지가 왜 고개를 숙이고 있는지 모르겠다는 얼굴이었다.

그리고 고개를 들어 아일린 씨에게 그렇게 물었는데, 그 말이 예전과는 비교할 수 없을 정도로 또박또박했다.

얼마 전까지 할부지, 할무이 하고 짧은 발음으로 부르던 것과 비교하면 굉장한 발전이다.

샤를과 다른 아이들이 태어나고 여동생들을 보며 오빠라는 사실을 깨달아서인지 그 성장이 눈부셨다.

질문을 받은 아일린 씨도 실버의 성장에 미소 지으며 자신을 올려다보는 실버의 머리를 쓰다듬고 말했다.

"아무것도 아니란다, 실버. 할아버지는 좀 피곤한 것뿐이야."

"그래? 할아버지, 힘내."

"우리 실버는 참 자상하네. 여보, 실버가 걱정하니까 고개 좀 들어요. 신 군과 전하의 관계는 이미 알잖아요."

"……그래. 미안하다, 실버. 할아버지는 이제 괜찮아."

"……정말?"

"그럼. 자, 실버도 이리 오렴."

세실 씨는 그렇게 말하며 샤를을 안은 채 자신의 무릎을 쳤다.

"응!"

실버는 그 말에 아일린 씨의 무릎 위에서 내려와 세실 씨의 무릎 위에 올랐다.

샤를을 안고 실버를 무릎 위에 앉힌 상태였지만 전혀 불안정한 모습이 아니었다.

"굉장하세요, 장인어른."

내가 그렇게 말하자 세실 씨가 웃었다.

"이렇게 보여도 나도 아이가 넷이니까. 특히 로이스와 세실리아와 실비아는 나이가 비슷해서 셋을 동시에 놀아주지 않으면 토라지는 아이가 생겨서 큰일이었지. 반대로 시실리 때는 다들 놀아주고 싶어 해서 순서를 지키게 하는 게 큰일이었어."

그러고 보니 그랬지.

아이가 넷이나 있으니 익숙한 것도 당연하다.

세실 씨의 무릎 위에 앉은 실버는 샤를과 열심히 놀아주었다.

샤를도 오빠를 알아보는지 기뻐 보였다.

"근데 귀족은 유모나 고용인에게 육아를 맡긴다고 생각했는데 아니었나요?"

내가 그렇게 말하자 세실 씨와 아일린 씨는 서로를 마주 본 뒤 웃었다.

"확실히 그런 집도 있지. 하지만 알스하이드에선 그건 너무 옛날 사고방식이야."

"물론 남편은 바깥일을 해야 하고 나도 다른 집 부인들과 어울려야 하니 도움은 받았지만 기본적으로는 우리가 키웠어."

"뭐, 밤늦게 우는 건 전부 고용인들에게 맡겼으니 그런 점에선 상당히 편하긴 했지."

세실 씨와 아일린 씨가 그렇게 말하자 시실리가 동의하듯 끄덕였다.

"저도 실버 때는 제가 전부 하려고 노력했는데 이번엔 다른 분의 도움을 받고 있어요."

샤를은 생후 3개월을 지나면서 새벽에 울기 시작했지만, 지금은 메이드들의 도움을 받고 있다.

실버 때는 사명감과 첫 육아였기에 과도하게 분발했는데, 아직 학원에 다녀야 할 때라 쓰러질 뻔했으니까.

지금은 일도 하고 있으니 부탁할 수 있는 부분은 부탁하고 있다.

"하지만 그렇게 생각하면 마크네는 큰일이겠네."

우리 집은 평민이지만 할아버지와 할머니의 후광이 막대해서 왕가에서 고용인을 파견해 준다.

그러나 마크와 올리비아는 순수한 평민 가정이다.

부모님은 있지만 따로 사람을 고용하지 않는다.

꽤 힘들겠다고 생각하고 있었는데, 갑자기 게이트가 열렸다.

누가 왔는지 보니 마크와 올리비아가 지친 모습으로 나타났다.

올리비아의 팔에는 두 사람의 아이인 남자아이가 안겨 있었다.

"안녕하심까, 월포드 군."

"실례할게요."

"아, 어서 와. 맥스도 잘 왔어."

맥스는 마크와 올리비아가 낳은 아이의 이름이다.

올리비아에게 안긴 맥스의 뺨을 살짝 찌르며 인사하자 맥스는 눈을 동그랗게 뜨고 나를 보았다.

"아, 시실리 씨의 아버지와 어머니도 계셨군요."

"죄송해요. 저희가 안 좋은 타이밍에 왔나요?"

내게 인사한 뒤 세실 씨와 아일린 씨를 발견한 마크와 올리비아는 미안한 표정으로 그렇게 물었다.

그 말에 답한 사람은 내가 아닌 세실 씨와 아일린 씨였다.

"아니, 괜찮아."

"후후, 갓난아이가 늘었네. 기뻐. 자, 사양하지 말고 이리 오렴."

두 사람은 그렇게 말하며 올리비아를 소파에 앉혔다.

"시, 실례할게요."

올리비아는 세실 씨와 아일린 씨 사이에 앉았다.

거기에 제일 먼저 반응한 사람은 실버다.

"맥스! 안녕!"

세실 씨의 무릎 위에서 내려온 실버는 세실 씨와 올리비아 사이에 앉았다.

"실버 군, 안녕. 오늘도 맥스하고 놀아주겠니?"

"응!"

올리비아에게 맥스를 돌봐달라는 부탁을 받은 실버는 활기차게 대답했다.

실버가 바로 맥스의 머리에 손을 뻗자 맥스는 환한 미소로 실버의 손을 받아들였다.

……내가 손을 뻗었을 땐 놀랐는지 눈을 동그랗게 떴는데…….

맥스의 태도 차이에 풀이 죽어 있으니 어째서인지 샤를이 웅얼거리며 기분이 상한 것 같은 느낌이다.

그 모습을 본 아일린 씨가 웃으며 실버에게 말했다.

"어머나, 샤를이 오빠랑 더 놀고 싶은가 보네?"

"어?"

아일린 씨의 말에 고개를 돌린 실버는 자신에게 손을 내미는 샤를을 보았다.

"샤를, 미안해."

실버는 그렇게 말하며 샤를의 손을 잡고 머리를 쓰다듬어 주었다.

그러자 이번엔 맥스가 토라졌다.

"으앗!"

다급히 맥스에게 다가간 실버는 샤를의 손을 잡아주던 손으로 맥스의 머리를 쓰다듬었다.

두 손으로 열심히 두 사람과 놀아주는 실버의 모습에 우리의 입가에서 자연스럽게 미소가 흘러나왔다.

"후후. 좋은 오빠네요, 실버 군."

자신의 아이를 열심히 돌봐주는 실버를 미소 지으며 바라보는 올리비아.

그 얼굴은 이미 훌륭한 어머니였다.

"그러고 보니 방금 전까지 너희 얘기를 했었어."

두 사람이 오기 전에 했던 대화를 떠올리고 그렇게 말하니 마크와 올리비아가 고개를 갸웃했다.

"저희에 대해서 말임까?"

"응. 우리는 이번에 샤를의 육아를 고용인들에게 어느 정도 부탁했는데, 너희는 그럴 사람이 없으니 힘들겠구나 싶었거든."

내가 그렇게 말하자 두 사람이 똑같이 쓴웃음을 떠올렸다.

"확실히 힘들긴 하다."

"지금이라면 두 분이 얼마나 힘드셨을지 이해돼요. 학원에 다니며 실버 군을 키우다니 정말 존경스러워요."

지금은 다부지게 행동하고 있지만 두 사람에게선 숨길 수 없는 피로가 엿보였다.

지금은 마크의 본가에 있기에 마크의 부모님께서 도와주고 계시겠지만, 모든 일을 맡길 수는 없다.

특히 올리비아는 소꿉친구라 예전부터 아는 사이였다지만 시댁살이를 하는 처지이니 부탁하기가 쉽지 않을 것이다.

"그럴 거야. 맥스는 우리가 볼 테니 잠깐 자고 올래?"

내가 그렇게 말하자 마크와 올리비아가 서로를 마주 보았다.

"……부탁해도 되겠습까?"

"응. 손님방 어딨는지 알지? 거길 사용해."

"고맙습다."

"고마워요."

"괜찮아. 그럼 어느 정도 시간이 지나면 깨우러 갈게."

내가 그렇게 말하자 올리비아는 이공간 수납에서 아기용 침대를 꺼내 맥스를 눕혔다.

"그럼 부탁드려요."

"그래, 푹 쉬어."

두 사람은 안도한 표정으로 계단을 올랐다.

그 두 사람의 뒷모습을 보고 있으니 세실 씨가 일어섰다.

"샤를도 맥스 군하고 같지 자자."

세실 씨는 그렇게 말하며 맥스 옆에 샤를을 눕혔다.

함께 아기 침대에 누운 두 사람은 어쩐지 기분이 좋은 듯했다.

"어쩜, 둘 다 사이가 참 좋네요."

그 사랑스러운 광경에 시실리의 얼굴에 미소가 떠나지 않았다.

실버도 아기 침대를 들여다보며 두 사람을 보았다.

그런 화목한 시간이 흐르고 있을 때, 다시 거실에 게이트가 열렸다.

그리고 그 순간 갓난아이의 울음소리가 들렸다.

"실버! 도와줘요!"

그렇게 말하며 게이트에서 나온 사람은 엘리.

그리고 비아는 엘리의 품에서 우렁차게 울고 있었다.

"엘리 아줌마. 비아가 왜 그래요?"

실버가 고개를 갸웃하며 그렇게 물었다.

얼마 전까지는 「누나」라고 불렸는데 아이가 태어난 이후로는 「아줌마」라고 불리게 된 엘리는 잠시 얼굴을 찡그렸지만 곧바로 정신을 차리고 실버의 시선에 맞춰 무릎을 굽혔다.

"비아가 실버를 보고 싶어서 울고 있답니다. 달래주시겠어요?"

엘리는 그렇게 말하며 실버에게 비아를 보여주었다.

"비아야, 착하지."

그러자 방금까지 엘리가 아무리 달래도 소용이 없었던 비아가 울음을 멈추고 환한 얼굴로 실버를 보았다.

"하아…… 도무지 울음을 멈추지 않았는데 실버 앞에선 순식간이네요……. 엄마로서 자신감이 없어져요."

엘리가 조금 토라진 듯이 그렇게 중얼거렸기에 나와 시실리는 무심코 웃음을 터뜨리고 말았다.

"웃을 일이 아니에요! 어머니의 긍지가…… 어머, 클로드 부인, 계셨군요."

엘리는 일어서서 고개를 숙인 세실 씨와 한 발을 뒤로 빼고 무릎을 굽힌 아일린 씨를 보며 말했다.

"인사드립니다, 왕태자 전하, 비전하."

세실 씨가 고개를 숙이며 그렇게 말했다.

"두 사람 다 그렇게 격식을 차릴 것 없다. 여기는 공적인 자리가 아니니까."

엘리가 왔다는 것은 오그도 함께라는 뜻이니, 갑자기 나타난 왕태자 일가를 본 세실 씨와 아일린 씨가 다급히 신하의 예를 갖췄다.

"하오나……."

"여기서 그런 태도를 보이는 건 두 사람뿐이야. 실버는 우리를 아저씨, 아줌마라고 부를 정도지. 그런 곳에서 격식을 갖추는 것도 이상한 일이니 편히 있도록."

"네……."

"……그럼 실례하겠습니다."

뭔가 이상한 논법이지만 계속 격식을 차리는 것도 실례라고 생각했는지 두 사람 모두 망설이면서도 소파에 앉았다.

"그나저나 비아는 실버가 마음에 들었나 보군."

실버가 머리를 쓰다듬자 밝게 웃는 비아를 본 오그가 그렇게 중얼거렸다.

"샤를하고 맥스도 그런 모양이야. 좋은 오빠라는 증거지."

"응? 맥스도 있었나? 빈 부인은 어디에 있지?"

"위에서 잠깐 자고 있어. 그 두 사람은 육아를 위해 따로 고용한 사람이 없어서 쉬지 못했으니까."

"아, 그렇군. 우리는 평소 유모와 고용인들에게 비아를 맡기고 있으니 그런 이야기를 들으면 그들의 고마움이 느껴지는군."

"하지만 오늘은 직접 돌보고 있었구나?"

"휴일 정도는. 아마 장래에 비아와 샤럿은 친구가 될 거다. 그때 부모의 대응이 다르다는 말을 들으면 불쌍하잖아."

아, 오그가 그런 말을 하는구나.

"의외로 딸바보네."

"음? 부모로서 당연히 신경 써야지. 그런데 신."

"왜?"

갑자기 오그가 진지한 얼굴로 바라보았다.

"요즘 실버는 어때?"

"어떠냐니?"

오그가 무슨 말을 하고 싶은지 알 수 없어 되물으니 오그가 진지한 얼굴로 다가왔다.

"나도 실버를 계속 봐왔으니 지금까지 문제가 없다는 건 알고 있어. 하지만 최근 실버는 자아가 상당히 뚜렷해졌잖아. 그에 동반해 어딘가 이상한 점은 없었나?"

그 말을 들은 나는 오그가 무슨 말을 하는지 이해하고서 분노를 담아 오그를 노려보았다.

그러나 오그의 얼굴은 진지했다.

오그는 슈투름과 밀리아라는 마인 사이에서 태어난 실버를 감시했었다.

이 나라의 왕태자로서 조금이라도 위험이 있는 존재를 허용할 수 없다.

실버를 양자로 받아들였을 때 오그에게 그런 말을 들었던 것을 떠올렸다.

지금까지는 자아가 뚜렷하지 않은 어린아이라서 조용히 지켜본 듯하지만 최근 들어서 실버는 세 아이의 오빠로서 빠르게 자아가 발달했다.

그에 동반해 지금까지 보이지 않았던 위험성이 드러나지는 않았는지 궁금한 듯하다.

그 사실을 떠올린 나는 화를 꾹 참고 오그를 보았다.

"아무렇지도 않아. 오히려 또래 아이들보다 더 착하게 자랐지. 네가 생각하는 위험성은 없어."

"단언할 수 있나?"

"그래."

내가 그렇게 말하자 오그는 진지한 얼굴로 생각에 잠겼다.

그런 오그를 주변 모두가 묵묵히 바라보았다.

생각에 잠긴 왕태자에게 아무도 말을 걸 수 없었다.

"야, 무슨 말을 하고 싶은 건데?"

나는 이 분위기를 타파하려고 오그에게 물었다.

그러자 고개를 숙인 채 생각에 잠겼던 오그가 고개를 들고서…….

황당한 말을 꺼냈다.

"아니…… 실버를 사위로 맞이하는 것과 비아를 시집보내는 것, 어느 쪽이 좋을지 생각하고 있었다."

그 말이 나온 순간 거실에 정적이 흘렀다.

"뭐? 무슨 말이야?"

너무나도 갑작스러운 말에 머리가 돌아가지 않아 그렇게 물으니 제삼자의 목소리가 들렸다.

"전하, 그건 우리 가문을 왕가에 거두겠다는 말이니?"

오늘은 세실 씨와 아일린 씨에게 샤를과 함께할 시간을 양보한다는 이유로 떨어진 곳에서 지켜보던 할머니가 끼어든 것이다.

"아니요, 그런 의미는 아니었습니다만……."

"그럼 어떤 의미니?"

확실하지 않은 대답에 할머니가 되묻자 오그가 조심스럽게 말했다.

"비아는 저와 어머니인 엘리보다 실버를 따르는 것 같습니다. 이대로 성장하면 비아가 실버에게 연심을 품을 가능성이 클 것 같아서요."

"……뭐, 확실히 그럴 가능성이 있을지도 모르겠네."

오그의 말에 할머니가 샤를과 맥스가 누운 아기 침대에 함께 누운 비아를 열심히 돌보는 실버를 보았다.

비아는 여기에 왔을 때와는 전혀 다르게 실버를 보며 너무나도 기뻐했다.

그 옆에선 엘리가 복잡한 표정으로 그 상황을 지켜보고 있었다.

"비아가 성장해 실버와 사귀고 싶다, 혹은 결혼하고 싶다고 말한다면 그 바람을 이뤄주고 싶습니다. 그렇게 됐을 때 왕가에 받아들이는 편이 좋을지, 아니면 월포드 가에 보내는 편이 좋을지 지금부터 생각해 두는 편이 좋을 것 같았어요."

딸이 태어난 지 얼마 안 됐는데 벌써 거기까지 생각하는 거야?

아, 하지만 그렇군.

그래서 그런 질문을 한 건가.

"실버가 왕녀인 비아의 배우자로서 어울리는지 확인하고 싶었던 거구나."

"그래. 가문으로 따지면 실버는 마왕과 성녀의 아이야. 아무런 문제가 없지. 문제는 그 태생이다."

"그렇구나. 딸인 비아와 결혼하게 해서 실버를 감시할 수 있는 환경에 두겠다는 의도는 아니라는 거지?"

내가 그렇게 물으니 오그가 시선을 살짝 돌렸다.

"……일석이조라고 생각하지 않나?"

오그의 그 말에 나는 깊은 한숨을 쉬고 말았다.

"하아…… 역시 그런 의도가 있었잖아."

내가 그렇게 말하자 오그가 진지한 얼굴로 반론했다.

"비아가 바라는 일을 이뤄주고 싶은 건 사실이야. 다만 그런 일면도 있다는 거지."

"비아는 아직 어리잖아!"

"넌 비아의 저 모습을 보고도 아무런 느낌이 들지 않나?! 부모인 나와 엘리보다 실버를 잘 따르고 있는데, 그런데도 장래에 실버에게 마음을 두지 않는다면 그건 그것대로 놀랄 거리다!"

오그의 얼굴은 진지해서 도저히 농담하는 것처럼 보이지 않았다.

"하아. 너, 아빠로서 그래도 되는 거야?"

나는 샤를이 태어난 이후 귀여워서 참을 수가 없다.

앞으로 샤를이 남자친구를 데려오는 일은 상상만 해도 싫다.

그런데도 오그는 벌써 비아를 시집보내거나 신랑을 받아들일 것까지 생각하고 있다.

그러자 오그가 쓴웃음을 떠올리며 답했다.

"뭐, 나는 왕족이니까 태어난 아이가 남자든 여자든 결혼하는 것이 의무 같은 측면이 있어. 처음부터 각오했던 일이다."

아, 그렇군.

아직 스무 살도 안 됐는데 묘하게 달관한 듯 말한다 싶었는데 그런 사정이 있었나.

"어쨌든 지금부터 걱정해봐야 소용없다. 그때가 되어 이야기를 들어주는 정도면 되는 것 아니니?"

할머니가 그렇게 말하자 오그는 잠시 생각한 후 가볍게 웃었다.

"그렇군요. 마음이 조금 앞섰나 봅니다."

"역시 딸바보라니까."

"시끄러워."

그런 대화를 나누며 아이들을 바라보았다.

거기엔 실버가 바쁘게 세 아이를 돌보는 모습이 보였다.

실버의 손은 두 개뿐인데 아이는 셋이니 어쩔 수 없이 쓰다듬어 줄 수 없는 아이가 생기기 마련이었다. 그러면 손길을 받지 못한 아이가 불만스러운 듯이 칭얼거렸다.

그러면 다급히 실버가 그 아이를 달래주었다.

그리고 실버가 손을 뗀 아이가 또 칭얼거렸다.

그 훈훈한 광경을 미소 지으며 바라보고 있으니 아이들이 점차 잠들기 시작했고, 그제야 실버도 쉴 수 있었다.

세 사람 다 잠든 것을 확인한 실버는 숨을 크게 내쉬었다.

"오빠는 참 힘들어."

약간 피곤한 듯이 그렇게 말하는 실버를 본 나는 실버에게 미안하면서도 웃음이 나왔다.

실버는 영문을 모르겠다는 표정이 됐다.

그러자 시실리가 실버를 안고서 머리를 쓰다듬어 주었다.

"실버야, 고마워. 대단하네. 역시 오빠다워."

그 말을 들은 실버는 어리둥절하던 얼굴에서 환한 미소로 바뀌며 고개를 크게 끄덕였다.

"응! 내가 오빠야!"

시실리에게 안기며 기쁜 얼굴로 그렇게 말한 실버를 오그와 엘리, 할머니까지 훈훈하게 바라보았다.

멋진 광경이네.

그렇게 생각하고 있으니 엘리가 중얼거렸다.

"역시 실버를 신랑으로 받아들이는 편이……."

그러니까 성급하대도!

세 갓난아이가 잠들어 거실이 조용해지자 우리도 한숨 돌릴 수 있었다.

보통은 실버도 아직 3살이라 가만히 있지 못하는 나이인데 오빠가 됐다는 마음 때문인지 어른들과 마찬가지로 얌전히 과자를 먹었다.

그런 똑똑한 실버의 머리를 사랑스럽게 쓰다듬는 아일린 씨에게 시실리가 말을 걸었다.

"그러고 보니 어머니, 앨리스 양은 요즘 어때요?"

샤를이 태어나기 조금 전, 앨리스와 시실리의 오빠인 로이스 씨의 약혼이 발표됐다.

그에 따라 장래 자작 부인이 될 앨리스는 휴일에 아일린 씨에게 귀족의 매너를 배우게 됐다.

시실리의 질문을 받은 아일린 씨는 실버의 머리를 쓰다듬던 손을 멈추고 생긋 미소 지었다.

"앨리스에게 필요한 건 식사 테이블 매너와 행동거지 정도야. 활발하지만 예의가 없는 아이가 아니니까 문제없단다. 오히려 알려줄 일이 너무 적어서 보람이 없을 정도지."

"하지만 귀족은 꼬투리를 잡히지 않도록 대화에도 신경 써야 한다는 걸 책에서 읽은 적 있는데 그런 건 알려주지 않아도 되는 건가요?"

내가 그렇게 묻자 아일린 씨와 세실 씨는 잠시 놀란 표정을 하더니 웃음을 터뜨렸다.

"얼티밋 매지션즈인 앨리스의 꼬투리를 잡다니, 그런 목숨

아까울 줄 모르는 인간은 없을 거야."

그런가?

우리가 다른 마법사보다 큰 힘을 지닌 것은 충분히 이해한다.

다만 그것은 순수한 무력, 폭력에 불과하다.

권모술수가 아니다.

폭력으로 의견을 억누르면 불필요한 다툼이 생길 것 같은데…….

그런 생각이 얼굴에 드러났는지 아일린 씨는 내 얼굴을 보며 살며시 웃었다.

"신 군이 무슨 걱정하는지는 알겠어. 하지만 걱정할 것 없단다."

"네? 어째서요?"

"지금까지 너희가 쌓은 실적 때문이지."

"실적?"

"그래. 너희는 알스하이드 국민에게 공포의 대상이었던 마인을 간단히 토벌할 수 있어. 그리고 그걸 실제로 해냈지. 그런 너희에게 맞서려는 사람은 이 나라엔 없을 거야."

그런 건가.

맞서려는 사람이 없으니 폭력으로 억누를 필요가 없다는 건가.

"물론 너희가 그 힘을 사용하면 우리는 저항할 수 없지.

하지만 너희는 그러지 않을 거잖니?"

"물론이죠."

"앨리스에게도 그런 사정을 잘 일러뒀어. 앨리스에겐 힘이 있으니 두려움을 살 수 있어서 오해받지 않도록 여러모로 조심하라고 말이야."

"그랬군요."

역시 아일린 씨다.

다른 사람이 우리를 어떻게 볼지, 가까이에 있는 만큼 상황을 잘 이해하고 있다.

이런 사람이 곁에 있으면 앨리스도 아마 괜찮을 것이다.

시실리를 보니 안심한 듯이 미소 짓고 있다.

오그의 말로는 평민이 귀족과 결혼하는 것은 큰일이라고 하기에 걱정했는데 어떻게든 될 것 같다.

그렇게 생각하고 있으니 거실에 게이트가 열렸다.

거기서 나타난 사람은…….

"아, 아버님, 어머님."

단아한 원피스를 입은 소녀였다.

"어머나, 앨리스. 오늘 레슨은 끝났니?"

"네. 아버님과 어머님께서 신 군의 집에 가신다고 하셔서 마중 나왔어요."

"그렇구나. 수고하네. 좀 쉬렴."

"네."

……누구세요?

아일린 씨와 친근하게 대화하는 이 청순한 아가씨는 누구냐고?!

얼굴은 앨리스처럼 생겼는데.

……앨리스?!

앨리스의 너무나도 달라진 모습에 나도 모르게 몸이 굳고 말았다.

"앨리스?"

실버도 얼마 전까지 활기찬 누나였던 앨리스가 얌전한 누나로 변해 당황한 듯했다.

시실리는…… 어라? 생글생글 웃으며 전혀 동요하는 것 같지 않다.

"그럼 여보. 이제 손자들 보는 시간은 끝이에요. 슬슬 돌아가야죠."

"벌써 그런 시간이 됐나. 그럼 잘 있어라, 실버. 또 놀러오마."

아일린 씨에게 집으로 가자는 말을 들은 세실 씨가 실버의 머리를 쓰다듬으며 일어섰다.

"그럼 전하, 비전하, 죄송하지만 물러가보겠습니다."

"이만 실례하겠습니다."

"신 군, 시실리, 또 오마."

"앨리스는 편히 쉬다 가렴."

두 사람은 오그와 엘리에게 인사한 뒤 우리에게 말하고 앨리스가 연 게이트를 통해 돌아갔다.

그리고 앨리스가 그 게이트를 닫은 순간…….

"……으하!"

알 수 없는 소리를 낸 앨리스가 소파에 발라당 주저앉았다.

"아~ 피곤해라. 아, 고마워요, 마리카 씨."

"아니요."

늘어진 자세로 소파에 앉은 앨리스에게 마리카 씨가 차가운 음료를 건넸다.

그리고 앨리스는 우아함이라고는 조금도 찾아볼 수 없는 자세로 음료를 마시기 시작했다.

"푸하! 살 것 같네."

그렇게 말한 앨리스는 다 마신 컵을 테이블 위에 놓았다.

"많이 피곤하신 모양이네요."

그런 앨리스를 보고서 엘리가 웃으며 말했다.

"방금까지 댄스 레슨이 있었어. 지금까지 춤을 춰본 적도 없었으니 정말 힘들더라고."

"어머. 그럼 제가 알려드릴까요?"

"윽, 그러지 마. 모처럼 쉬러 왔는데 일부러 땀 빼고 싶지 않아."

앨리스가 그렇게 말하자 엘리와 시실리가 살며시 웃었다.

"지금부터 배우려면 힘들겠네요."

"그러게요. 저희는 어렸을 때부터 레슨을 받았지만 어른이 된 후에 배우려면 힘들 거예요."

엘리와 시실리의 말을 들은 앨리스는 소파에 등을 기댄 채 입술을 삐죽 내밀었다.

"으……. 식사 매너도 어렵고, 말투도 고쳐야 하고, 너무 성가셔……."

앨리스가 조금 지긋지긋하다는 분위기를 내며 그렇게 말했다.

앨리스는 성가시다고 말하지만 그것들은 귀족 부인에겐 필수적인 예절.

그것을 포기했다간 로이스 씨와 결혼할 수 없게 될지도 모른다.

그렇게 생각했는지 시실리가 위로해 주었다.

"식사 매너와 말투도 다른 사람이 싸늘한 시선으로 보지 않도록 하기 위해서라도 필요한 일이에요."

"맞아요. 클로드 부인의 말처럼 확실히 당신들은 귀족을 포함해 이 나라 사람들에게 두려움을 받고 있어요. 그리고 두려움이란 모멸로 변하기도 쉬운 법이에요."

"어? 그래?"

시실리의 말에 엘리가 맞장구치자 앨리스가 깜짝 놀라 뒤로 젖혔던 몸을 앞으로 내밀었다.

"네. 아무리 영웅이라 해도 그 인물이 품위 없고 교양 없는 인물이라면 사람들이 어떻게 생각할까요? 표면적으로는 반항적인 태도를 보이지 않더라도 뒤에서 야만스러운 인간이라고 모욕하게 될 거예요."

"……."

"그리고 이렇게 말하겠죠. 『클로드 자작가의 앨리스 부인은 그 힘으로 로이스 님을 협박해 부인의 자리를 손에 넣었다』라고."

"뭐?!"

엘리의 말에 앨리스가 일어나 흥분했다.

그런 앨리스를 엘리가 조용히 바라보았다.

"그런 말이 나올 거예요. 지금 당신들을 보는 모두의 시선은 선망이에요. 하지만 그중에는 약간의 질투도 포함되어 있어요. 그런데 평민에서 귀족 부인이 된 당신이 그런 태도를 보이면 어떨까요? 순식간에 소문이 퍼질 거예요."

"……."

엘리는 장난기가 조금도 없이 진지한 표정으로 그렇게 말했다.

그 말을 들은 앨리스는 말없이 소파에 앉았다.

"그러니 성가셔하지 말고 열심히 해요. 당신의 행동거지는 로이스 님의 평가로 이어지니까요."

"……그러게. 로이스 씨가 얕보이는 건 참을 수 없으니까 열심히 할게.”

“당신 곁에는 저나 시실리 양이 있어요. 고민이 있다면 언제든지 말해도 돼요.”

“응. 고마워, 엘리.”

그렇게 말한 앨리스는 아까까지의 귀찮아하는 표정이 아니라 결의에 찬 표정이었다.

“아, 그럼 여기서도 말투를 바꾸는 게 좋을까?”

“지금 그대로여도 괜찮지 않을까요? 공사를 구분할 수 없으면 힘들 거예요.”

“그렇구나. 그럼 여기선 편히 있어야지.”

“그렇게 해요.”

엘리는 그렇게 말하며 우아하게 홍차를 한 모금 마셨다.

나는 방금의 발언과 행동에 놀라움을 금치 못하고 엘리를 바라보았다.

그 시선을 알아차렸는지 엘리가 불만스러운 얼굴로 나를 노려보았다.

“……또 실례되는 생각을 하고 있죠?”

“어떻게 알았어?”

“당연히 알죠!”

그러고 보니 엘리가 임신하고 얼마 안 됐을 때도 똑같은 대화를 했었지.

엘리는 왕태자비.

이 나라의 왕비인 줄리아 아주머니 다음으로 고귀한 여성이다.

그러나 나는 엘리의 공과 사 중에 『사』일 때의 모습만 안다. 영애다운 모습을 보면 아무래도 어딘가 어색하다.

"오그도 뭐라고 좀 하세요."

엘리는 오그에게 나를 나무라라고 했지만 정작 오그는 아까부터 고개를 숙인 채 배를 잡고 있었다.

필사적으로 웃음을 참고 있는 거겠지.

"오그!"

"어, 아니, 미안. 뭐 어때, 엘리. 이렇게 편하게 대화할 수 있는 건 여기뿐이니까. 여기가 달라지는 건 아쉽지."

"그건 그렇지만요……."

오그와 엘리는 자주 집에 놀러 온다.

특히 엘리의 방문 빈도가 높다.

오그가 없어도 시실리에게 연락해서 데리러 와달라고 말할 정도로.

상당히 편한 모양이다.

"그나저나 코너도 곧 클로드 부인이 되는 건가. 이것저것 생각해야겠군."

"뭐를요?"

자기 일로 오그가 생각할 일이 있다고 하니 앨리스도 신경 쓰였나 보다.

"코너가 클로드 부인이 되면 얼티밋 매지션즈에 상주하기 어렵게 되겠지."

"아, 그러겠네요."

앨리스의 결혼 상대는 클로드 자작가의 차기 당주인 로이스 씨.

그렇다면 앨리스는 차기 당주 부인으로 여러 행사에 참석하게 된다.

얼티밋 매지션즈 활동을 할 때가 아니다.

"월포드 부인, 빈 부인도 지금은 휴가 중이지. 아마 앞으로도 휴가가 필요할 일이 많아질 거야."

그 말은 둘째, 셋째 아이가 태어날 것이 분명하다는 거야?

뭐, 부정은 안 하겠지만.

"그리고 칼튼과 메시나도 앞으로 어떻게 될지 몰라. 그렇게 되면 얼티밋 매지션즈는 인원이 부족해지겠지."

"그러게……."

"그리고 나도 조만간 왕위를 잇게 될 테고 토르와 율리우스도 차기 당주다. 언젠가 너도 나이를 먹겠지. 모처럼 태어난 초국가적 조직인데 우리 세대에서 끝나는 건 너무 아까워."

"……알겠다. 그러니까 우리의 후계자가 있었으면 한다는 거지?"

"그래."

후계자라.

확실히 얼티밋 매지션즈라는 조직은 우리가 있기에 성립한다.

우리가 없어지면 조직 자체가 존속할 수 없다.

그러나 1년간 활동한 결과 각국의 평가가 상당히 좋다.

이대로 잃기엔 아까운 조직이 됐다는 뜻이다.

"그렇다면 새로운 멤버를 받아들이자는 거야?"

"그렇긴 한데…… 그게 또 고민되는 부분이기도 하지."

"뭐가?"

"우리는 네 전생의 지식을 바탕으로 확연한 실력을 손에 넣었다."

"그래서?"

"하지만 이 힘은 잘못 사용하면 새로운 전쟁의 불씨가 될 거야. 쉽게 알려줄 수는 없어."

"뭐, 그렇겠지."

나는 일반적인 마법사의 실력을 몰랐기에 가벼운 마음으로 친구들에게 전생의 지식을 바탕으로 만든 마법을 알려주고 말았다.

그 결과 모두가 이 세계에서 동떨어진 실력을 지니게 됐다.

우리는 원래 같은 반이어서 항상 함께 있던 동료.

그렇기에 악용하지 않을 거라고 믿을 수 있었지만 새로운 동료가 될 사람은 어떨지 알 수 없다.

어쩌면 야심을 숨기고 접근하는 사람이 있을지도 모른다.

그런 사람에게 전생의 지식을 바탕으로 만든 마법을 알려주면 모처럼 마인을 쓰러뜨리고 손에 넣은 평화가 망가질지도 모른다.

그것은 전부터 오그에게 귀가 따가울 정도로 들었던 일이라 우리의 직계 제자라 할 수 있는 메이에게도 알려주지 않았다.

"내 지식을 알려주지 않으면 실력이 부족할 수밖에 없다는 건가."

"그래. 얼티밋 매지션즈는 세계 최고의 마술 집단이어야 해. 이건 내 의지가 아닌 사람들의 뜻이다."

"다들 우리가 그랬으면 한다고 생각한다는 거야?"

"그래. 그렇기에 우리를 전폭적으로 신뢰한다고 해도 과언이 아니야. 그런데 실력이 부족해 의뢰를 달성할 수 없는 자가 들어오면 어떻게 될까? 분명 신뢰를 잃을 거다."

"그렇겠네."

확실히 고민되는 일이다.

인원은 확보하고 싶지만 얼티밋 매지션즈 입단 조건을 까다롭게 할 수밖에 없다.

그렇게 되면 조건을 충족하는 인물이 별로 없을 것이다.

"으음, 그렇게 되면 얼티밋 매지션즈의 하부 조직 같은 걸 만들 수밖에 없으려나."

내가 떠올린 것은 전생의 프로 스포츠 구단이었다.

거기선 막 입단한 선수는 먼저 2군이나 마이너 같은 하부 조직에 들어가 경험을 쌓고 마땅한 실력이 생기면 1군에 합류한다.

"하부 조직이라……."

그렇게 생각해서 한 말이었는데 의외로 오그가 관심이 생겼는지 팔짱을 끼고 생각에 잠겼다.

"먼저 장래성이 있는 사람을 입단시켜 하부 조직에서 키운다……. 의외로 좋은 생각일지도 모르겠군."

"그래? 그럼 입단 기준을 정해야겠네."

아무래도 하부 조직을 만들기로 정해질 것 같아 그렇게 말한 나는 지금까지 조금 신경 쓰였던 것을 물어보기로 했다.

"그러고 보니 요즘 메이의 마법 연습을 봐주지 못했는데 실력은 얼마나 성장했어?"

메이는 이번 봄부터 중등학원 3학년이 됐다.

중등학원부터 마법 수업이 있으니 중등학원에 입학한 이후에는 연습을 봐주지 않았다.

내 전생의 지식을 알려주지 않고 어느 정도의 실력이 되는지는 메이가 기준이 되지 않을까 생각했는데…….

질문을 받은 오그의 얼굴이 무척이나 떨떠름해졌다.

"……이제 곧 재해급 마물이라면 혼자 토벌할 수 있을 것 같더군……."

"뭐?!"

오그의 말에 제일 먼저 반응한 사람은 할머니였다.

"잠깐! 그게 정말이니? 전하! 멀린도 고등학원 1학년 때 대형 마물을 토벌하는 거에 고생했는데 이제 막 중등학원 3학년이 된 아이가 재해급을?!"

"확실히…… 그건 좀 굉장하구먼……."

할머니뿐만 아니라 할아버지도 놀랐다.

그야 그렇겠지. 자신의 젊은 시절보다 강하다는 것이나 마찬가지니까.

오그의 발언에 시실리와 엘리도 놀랐다.

동요하지 않는 것은 앨리스뿐.

"앨리스는 알고 있었어?"

"그렇지 뭐. 메이 공주님을 마물 토벌에 데리고 간 건 우리였으니까."

앨리스가 그렇게 말하자 오그가 앨리스를 노려보았다.

시선을 받은 앨리스는 휘파람을 부는 시늉하며 고개를 돌렸다. 휘파람을 못 불기에 이상한 바람 소리만 내면서.

"하아…… 보통은 성인도 안 된 사람이 마물 토벌에 가는 것 자체가 이상한 일이지. 보다시피 코너와 휴즈가 동행했기에 마음껏 마물을 토벌했던 모양이다."

……그렇다면 오그도 몰랐던 건가.

"그리고 메이의 학우도 함께였다더군. 마치 친구와 놀러가는 것처럼 마물을 토벌했다고 해. 헌터 협회도 코너와 휴즈가 함께 있으니 딱히 문제시하지 않았다더군."

아, 너무 유명해서 이상하게 신뢰하고 있으니까.

확실히 마인조차 간단히 쓰러뜨릴 수 있는 앨리스와 린이 함께하니 협회 사람도 뭐라 말할 수 없겠지.

"잠깐. 메이의 친구라면 그 두 사람? 아그네스하고 콜린이라고 했던가?"

"그래."

아그네스 씨는 토르와 율리우스처럼 어렸을 때부터 메이를 따르던 사람들이다.

가문과 인격 모두 문제없기에 선택됐다고 하지만 두 사람 모두 정말 사이가 좋다.

친구라 해도 될 정도로.

콜린 군은 사실 나도 어렸을 때부터 신세를 진 톰 아저씨의 아들이다.

평민이지만 어떤 일을 계기로 남자치고는 흔치 않게 왕녀인 메이의 측근이 됐다.

할머니가 신뢰하는 허그 상회 대표인 톰 아저씨의 아들이다 보니 가문에 문제가 없다고 여겨져 초등학원 때부터 함께하게 됐다.

메이의 제안에 앨리스와 린이 지나친 장난이 더해진 결과인지, 다른 사람보다 빨리 마법 연습을 시작했기 때문인지 또래보다 마법 실력이 뛰어나다고 들었다.

"세 사람 모두 대형까지는 혼자서 쓰러뜨릴 수 있게 됐어. 재해급은 아직 셋이서 연계하지 않으면 무리일 것 같아."

"그렇다 해도 이상할 정도다."

앨리스의 설명에 오그가 그렇게 답했다.

지금까지 세계 최고봉이라 불린 할아버지가 고등 마법학원 1학년 때 대형 마물을 힘겹게 쓰러뜨렸다는 건, 지금 시점에서 할아버지의 과거 실력을 상회한다는 것이나 마찬가지잖아.

"세상에…… 요즘 아이는 그렇게나 빠른가……."

아, 할아버지가 조금 침울해졌네.

"당신은 독학이었잖아. 그 아이들은 신이라는 교사가 있으니까 같은 조건이 아니야."

음? 할머니가 할아버지를 옹호했어?!

지금까지 본 적 없는 광경에 놀라고 있으니 할아버지가 기운을 차렸다.

"흠, 그것도 그렇군."

할아버지는 놀라지도 않고 드문 일이라고도 생각하지도 않네.

이런 부분은 역시 부부였기 때문인가.

그보다 다시 함께 살기 시작한지 몇 년이나 지냈으니 다시 호적에 올리면 좋을 텐데.

그런 아무래도 좋은 생각을 하고 있으니 할머니가 오그를 보았다.

"그래, 다른 아이들도 메이와 비슷한 힘을 지녔니?"

"아니요. 신에게 직접 지도를 받았기 때문인지 그 세 사람만 탁월합니다."

"그렇다면 전체적인 레벨은 별 차이가 없다는 거구나?"

"그렇지도 않습니다. 신이 저희와 마법사단에 준 정보, 마법의 기본은 영창이 아닌 마력 제어에 있다는 사실은 이미 널리 퍼졌으니 학생의 수준도 매년 오르고 있습니다."

그렇구나. 그건 처음 알았다.

사실 내 인간관계는 놀라울 정도로 좁다.

고등 마법학원에서도 S반 아이들과만 친했었고 그 이외의 곳에서는 디스 아저씨나 메이와 같은 왕족, 시실리의 본가 정도만 교류가 있었다.

……지금 생각해보면 정말 비뚤어진 교우 관계네.

내 신분은 평민인데.

요즘은 실버를 통해 아이들의 엄마 아빠들과 약간의 교류가 있었지만 마법 쪽으로 일하는 사람은 없었다.

그래서 지금 마법계가 어떤 상황인지는 솔직히 그다지 잘 알지 못한다.

마법사단과도 교류하지 않고 있으니까.

그나저나 아이들 수준이 매년 오른다면 오그의 걱정은 해소되는 것 아닌가?

"그럼 우선 메이와 친구들을 얼티밋 매지션즈에 넣는 건 어때?"

내가 그렇게 말하자 오그가 굉장히 험악한 얼굴이 됐다.

"확실히 지금 학생들 중에선 그 셋의 실력이 뛰어나. 하지만 사람들은 그걸 모르지. 그런 상황에서 메이를 넣는다면 얼티밋 매지션즈는 지인을 채용하는 단체라고 생각할 거다."

아, 그렇구나.

우리는 가볍게 대하지만 메이는 왕족.

일반인은 메이의 마법 실력을 모른다.

그런 상황에서 메이를 얼티밋 매지션즈의 추가 단원 제1호로 삼으면 지인을 채용했다고 생각할 것이다.

그야 고민되겠네.

"그리고 애초에 메이는 왕녀다. 가뜩이나 지금도 왈가닥이라는 표현으로도 부족할 정도인데 지금 이상이 되면…… 결혼 상대가 사라질 거야."

오오.

그러고 보니 예전에 디스 아저씨도 같은 말을 했던 것 같다.

하긴 메이도 벌써 14살…… 곧 15살이 되나.

그 정도라면 좋아하는 사람 한두 명 정도는 있었을 것도 같은데.

"메이에게 그런 이야기는 없어?"

"글쎄. 나도 메이의 모든 걸 아는 건 아니니까. 특히 중등학원 일은 알 방법이 없지.”

“메이에게 너무 관심이 없는 거 아니야?”

왕녀잖아?

만약 사귀는 사람이 있다면 왕족으로서 알아둬야 하는 것 아닌가…….

“그건 내가 알아야 하는 일이 아니지. 메이가 누군가와 사귄다면 조사 정도는 할 테지만, 그건 상대의 소행 조사 정도다. 메이를 해칠 의도가 있다든가 좋지 않은 부류와 연결이 있는지 정도지.”

“그래도 되는 거야?”

“상관없어. 알스하이드는 자유연애주의다. 뒤가 안 좋은 상대가 아니라면 왕족도 누구와 연애해도 상관없어.”

“흐음.”

“그러니 지금 이상으로 날뛰었다간 곤란하지. 노처녀 왕녀라는 말이라도 나오게 된다면 대참사다.”

오그는 그렇게 말하며 정말로 피곤한 듯이 한숨을 쉬었다.

늘 쌀쌀맞게 대하지만 이런 점에선 제대로 오빠답게 행동하네, 이 녀석.

“그럼 어떡할까?”

“우선…… 메이의 일은 본인 의지를 존중하겠지만 제1호로 삼는 건 그만두는 편이 좋겠군. 그전에 입단 시험 등으로 실적을 만들어야 할 거다.”

"그렇구나. 그럼 하부 조직을 만들고 입단 시험을 볼까."

"그래. 그럼 시험 내용을……."

"잠깐만요!"

나와 오그가 시험 내용에 관해 이야기하려고 할 때, 엘리의 목소리가 끼어들었다.

"오늘은 쉬러 왔잖아요. 그런데도 일 얘기만 하다니요. 가족과의 시간을 더 소중히 여기세요!"

엘리가 토라진 얼굴로 그렇게 말했다.

"맞아요. 업무를 열심히 하는 건 좋은 일이지만 오늘은 가족이 함께 보내는 날이에요. 업무는 잊기로 해요."

시실리도 이렇게 말하니 어쩔 수 없지.

우리는 서로 마주 보고 어깨를 으쓱였다.

"그래. 오늘은 휴일이니 업무 이야기는 하지 말자."

"그러지. 미안했다, 엘리."

엘리와 시실리의 말이 틀리지 않았기에 하던 이야기는 여기서 멈추고 가족과의 시간을 보내기로 했다.

"어? 어쩐지 나만 방해꾼이 된 것 같은데."

앨리스가 그런 말을 하기에 나와 시실리가 마주 본 뒤 앨리스에게 말했다.

"무슨 말이야, 아주머님."

"맞아요, 올케. 올케도 가족이잖아요."

"……아주머님이라고 부르지 마. 올케도. 엄청난 벽이 느껴져."

그렇게 말하며 울상이 된 앨리스를 본 우리는 웃음이 나오고 말았다.

이렇게 우리의 휴일은 평온하게 흘러갔다.

그나저나 얼티밋 매지션즈의 신규 단원이라.

서둘러 해결해야 하는 안건이겠네.

휴일이 끝나면 바로 모두의 의견을 모아 봐야겠다.

◆

"신규 단원이요?"

얼티밋 매지션즈의 업무가 끝난 이후에 휴일에 오그와 했던 이야기를 사무실에서 다른 멤버에게도 이야기했다.

사무실에서 이야기했기에 사무원들도 함께였다.

"확실히 이왕 만들어진 초국가적 조직을 우리 대에서 끝내는 건 아깝긴 해요."

"그래. 그러니 지금부터 신규 단원을 맞이하기 위한 시험과 체제 등을 만들어야 한다. 너희도 도와다오."

『알겠습니다.』

오그의 말에 사무원들도 동의했다.

그때 카탈리나 씨가 손을 들었다.

"무슨 일이지? 아레나스."

"질문해도 될까요?"

"그래, 괜찮다. 다른 사람도 의문점이 있으면 편히 질문하도록."

"감사합니다. 그럼 신규 단원 모집은 어떤 조건으로 하실 예정인가요?"

"되도록 우리가 육성하고 싶다. 각국의 마법학원을 졸업할 예정인 자를 대상으로 할 예정이지."

오그가 그렇게 말하자 카탈리나 씨가 복잡한 표정을 했다.

"왜 그러지?"

"음, 아니요. 그건 장래에 졸업할 예정인 사람을 대상으로 삼는다는 뜻인가요?"

"그래."

"먼저 졸업한 사람은요?"

"그건 예정에 없다."

지금은 새 학기가 시작된 무렵.

직전 졸업자는 얼마 전에 졸업한 사람들이다.

이미 진로가 정해졌을 테니 오그가 대상이 아니라고 말하자 카탈리나 씨는 점점 더 복잡한 표정을 했다.

"이봐……."

"아니, 그건 반발이 일어날지도 모르겠네요."

오그가 카탈리나 씨에게 물으려고 하자 이안 씨가 그렇게 말했다.

"반발이 왜 일어나는데요?"

내가 그렇게 묻자 앙리 씨가 정말 모르냐는 듯이 바라보았다.

"그거야…… 신 님, 모르십니까? 얼티밋 매지션즈는 마법사의 최고봉. 세계를 구한 영웅. 그 일원이 될지도 모르는데 1년 빨리 태어났다는 이유만으로 그 기회를 놓치게 되는 거잖아요. 당연히 굉장한 반발이 생기죠!"

앙리 씨가 무척이나 열기를 띠고 연설해 주었다.

뭐…… 일단은 우리가 세간에 어떤 식으로 보이는지는 알고 있는데 말이지.

그래도 뭐랄까, 우리의 인식과 세간의 인식에 괴리가 있다고나 할지…….

어쩐지 너무 미화되어 솔직히 감당할 수 없다.

"저도 그렇게 생각해요. 제가 사무원이 됐을 때도 많은 말을 들었으니까요. 그런데 지금은 하부 조직이라지만 장래엔 단원이 되어 동료가 될지도 모른다고 하면……."

알마 씨가 자신이 사무원으로 선택됐을 때의 체험을 담아 그렇게 이야기했다.

"되도록 각국의 조직에 소속된 적 있는 인원은 사양하고 싶은데…… 반발이 생긴다면 어쩔 수 없지. 앞서 졸업한 사람과 얼티밋 매지션즈가 발족한 작년 졸업생까지 모집하기로 할까."

최종적으로 내년 졸업 예정인 사람, 그리고 올해 한정으로 직전에 졸업한 사람과 작년에 졸업한 사람으로 입단 시험을 열기로 정해졌다.

내년 이후엔 신규 졸업자만 받기로 했다.

내년 졸업 예정인 사람은 문제없지만 올해와 작년에 졸업한 사람은 이미 각국의 마법사단에 소속된 사람도 있으니 디스 아저씨를 통해 각국에 요청하기로 했다.

시험에 합격해 얼티밋 매지션즈에 입단하게 되면 현재 소속된 곳에서 나와야 한다.

미리 이야기하지 않으면 우수한 인원을 빼앗겼다며 원한을 품을 수도 있으니까.

뭐, 시험을 받는 것 자체는 자유이니 수험을 위해 사직할 필요까지는 없겠지만.

"그럼 시험 내용과 합격 기준은 어떡하실 건가요?"

이야기가 어느 정도 정리되자 마리아가 시험에 관해 물었다.

"글쎄. 시험 내용은 아직 생각하지 않았지만 적어도 게이트 마법을 쓸 수 있는 사람이어야 해. 그런 부분을 확인하게 되겠지."

오그가 그렇게 말하자 마리아의 눈이 커졌다.

"어?! 게이트를 알려주려고요?!"

"그런데, 문제라도 있나?"

"아니, 문제라니…… 게이트는 범죄에 사용되기 쉬우니 쓸 수 있는 사람을 한정한다고 했잖아요."

"그 문제는 해결됐다. 만약 게이트를 부정 사용하면 금방 알 수 있다."

"네? 아, 그 마도구 말이군요……."

오그가 말하자 마리아가 마력문 측정을 떠올린 모양이다.

거의 사용할 일이 없는 마리아가 깜박해도 어쩔 수 없겠지.

"그리고 가장 중요한 것은 인격이다."

"인격이요?"

제일 중요하다는 것이 실력이 아닌 인격이라는 말에 마리아가 의아해했다.

"그래. 가장 바람직한 것은 우수하면서 겸허한 인간이겠지."

"그것뿐인가요?"

오그의 대답에 점점 더 의아해진 듯한 마리아.

그러나 나도 그게 제일이라고 생각한다.

"아무리 우수해도 힘에 빠져 교만해지는 인간이라면 얼티밋 매지션즈의 평판을 깎게 될 테니까."

마리아의 의문에 토르가 답했지만 마리아의 의문은 아직 풀리지 않았다.

"아니, 그건 알겠는데 내 말은 그게 아니야. 그것 외에도 봐야 할 점이 있지 않아? 범죄를 저지를 법한 사람이라든가."

"그런 걸 미리 알 수 있으면 고생하지도 않겠지. 그리고 아무리 청렴결백한 인물이라도 약간의 유혹으로 범죄에 손을 대는 경우도 있다. 중요한 것은 그렇게 되지 않으려고 주의하는 것과 만에 하나 문제가 일어났을 때 은폐하지 않는 것, 엄정한 처벌을 내리는 거야."

"……문제가 생기는 건 어쩔 수 없는 건가요?"

"지금 멤버라면 모두의 기질을 알고 있고 그렇게 되지 않을 거라는 신뢰도 있다. 다만 조직이 커지면 아무래도 그런 문제가 생기기 마련이지. 문제가 없는 조직은 존재하지 않아."

오그는 그렇게 단언했다.

"그럼 조만간 얼티밋 매지션즈의 평판에 흠집이 날 일도 일어난다는 건가요?"

"그렇게 되지 않도록 엄정한 처벌을 내려야 하겠지."

"그렇다면…… 하지만, 음……."

마리아는 이해한 듯하면서도 그렇지 않은 느낌으로 다시 신음했다.

"그보다 전하. 합격 기준은 어떡하실 건가요?"

고민에 빠진 마리아를 제쳐놓고, 아마도 입단 시험을 관리하게 될 카탈리나 씨가 그렇게 물었다.

그래서 우리끼리 미리 이야기했던 기준을 알리자 사무원들의 눈이 휘둥그레졌다.

"고, 공주님께서 그렇게 강하시나요?"

"그래…… 안타깝게도 말이야."

오그가 살짝 째려보지만 이건 메이에게 재능이 있었기 때문이니 내 잘못은 아니다. 응, 아닐 거야.

"아무래도 마법에 관한 재능이 있던 모양이더군. 거기에 신과 멀린 님, 멜리다 님의 지도를 초등학원생부터 받았지. 그 결과 제2의 신이 탄생한 셈이야."

오그는 그렇게 말하며 큰 한숨을 내쉬었다.

요즘 들어 시집보낼 수 없게 된다고 고민하고 있었으니까.

뭐, 강해진 건 마법뿐이고, 외모는 그런 모습을 상상도 할 수 없을 정도로 귀엽게 성장했다.

그렇게 걱정할 것 없을 것 같은데.

"그럼 시험 날짜는 어떻게 하실 건가요?"

여러모로 사무 절차가 필요해서인지, 1년간 사무 전담자가 되어가고 있는 카탈리나 씨가 그렇게 물었다.

"글쎄. 우선 작년과 올해 졸업자만 먼저 모집해서 실시해 볼까. 내년 졸업 예정자는 다음에 시험을 쳐도 괜찮겠지."

이미 졸업한 사람은 다른 조직에 소속되어 있을지도 모르니 시험을 연다면 되도록 이른 편이 좋다.

그 후 시험 장소와 일정에 관한 자세한 사항은 차후 정하기로 하고 오늘은 이만 해산했다.

그럼 응모는 얼마나 오려나.

아무도 안 오는 건 아니겠지……?

어쩐지 갑자기 불안해지기 시작한다.

◆

『얼티밋 매지션즈, 신규 단원 모집.』

그 소식은 디스 아저씨를 통해 각국에 전해져 발표됐다.

솔직히 응모가 얼마나 올지 걱정됐지만…….

"어? 이렇게나?"

얼티밋 매지션즈의 사무실에 오니 상자에 응모 용지가 가득 담겨 산더미처럼 쌓여 있었다.

"그야 얼티밋 매지션즈의 신규 단원 모집이니까요. 해당하는 사람은 거의 모두가 응모하지 않았을까요?"

이안 씨가 상자에 든 응모 용지를 꺼내며 그렇게 말했다.

"어느 정도 예상은 했지만 이 양은 예상을 넘어서는군. 대상을 좀 좁혀야 하겠어……."

오그도 이만한 양은 의외였는지 시험 방법을 다시 바꾸게 됐다.

그 결과 1차 시험을 열어 각국에서 대상자를 좁히기로 했다.

거기서 선발된 사람의 행적을 조사하고 문제없는 사람은 최종 시험과 면접을 보기로 했다.

그렇게 하지 않으면 사무 일정이 시험을 여는 것만으로 가득 찰 것이다.

"그럼 그렇게 전달하겠습니다. 심사 기준은 각국에 맡겨도 괜찮을까요?"

"그래, 상관없다. 인격에 관한 문제는 전달하지 않아도 돼. 우선은 실력자를 선발하고 싶으니까."

"알겠습니다."

카탈리나 씨는 그렇게 말한 뒤 서류를 척척 작성하기 시작했다.

카탈리나 씨가 초안을 만들고 알마 씨가 정리, 그리고 그 자료는 앙리 씨가 왕성으로 가져갔다.

그 모습을 보던 오그가 무언가 생각에 잠겼다.

"왜 그래?"

"아니, 우리 사무원들은 우수하다 싶어서."

"이제 와서 무슨. 원래 각국에서도 엘리트를 선발했잖아."

"그래. 그보다 단원이 늘면 사무원도 증원하는 편이 좋으려나……."

"또 각국에 부탁하려고?"

"아니, 이번엔 공개 모집을 해볼까 싶다. 여기서 우수한 사람들을 더 데려왔다간 원한을 살지도 모르니까."

그렇게 사무원들의 증원도 검토하게 됐다.

그런 이야기가 오간 주의 주말, 우리 집에 방문객이 있었다.

"신 오빠! 할 말이 있어요!"

거실에 생긴 게이트에서 나오자마자 그렇게 말한 사람은 메이였다.

"어, 메이. 오랜만이네."

중등학원생이 된 이후로 이래저래 바빴는지 우리 집에 오는 일이 거의 없었던 메이가 오그와 함께 찾아왔다.

"메이!"

메이를 오랜만에 본 실버는 기뻤는지 큰 소리로 이름을 부르며 달려갔다.

"와, 실버! 또 많이 컸네요!"

"에헤헤."

달려온 실버를 안아준 메이는 그대로 실버를 안아 올리며 뺨을 비볐다.

실버도 오랜만에 만난 누나가 반겨줘서 기쁜 모양이다.

"어서 오세요, 메이 공주님."

시실리는 샤를을 안고 있었기에 소파에 앉은 채 인사했다.

그런 시실리의 품에 안긴 샤를을 본 메이의 눈이 반짝였다.

"샤를! 안녕! 메이 언니예요!"

"아웅?"

갑자기 나타난 모르는 언니를 본 샤를은 깜짝 놀라 굳어버렸다.

하긴 샤를은 막 태어났을 때 만났으니 당연히 메이의 얼굴을 기억하지 못할 것이다.

아니, 지금 만난 사실도 나중에 잊어버릴 테지.

갓난아기니까.

어쨌든 샤를에겐 처음 보는 사람.
낯을 가리지 않는 아이지만 처음 보는 사람이라 놀랐을 것이다.
"아하하, 귀여워요."
메이는 그렇게 말하며 샤를의 뺨을 콕콕 찔렀다.
"아으, 꺄아!"
놀아주는 것이 기뻤는지 샤를은 웃으며 반겼다.
이제는 당황한 기색이 보이지 않았다.
"우후후, 귀여워……."
실버를 안고서 샤를과 놀아주는 메이.
그런 메이의 얼굴이 한없이 칠칠치 못하게 늘어졌다.
메이는 이제 중등학원 3학년으로, 곧 15살이 된다.
2차 성장을 맞이해 키도 커졌고 체형도 여성스러워졌다.
그러나 내용물은 그다지 변하지 않은 듯하다.
보기엔 미소녀이지만 늘어진 표정 때문에 여러모로 말이 아니었다.
그런 안타까운 눈으로 보고 있으니 메이의 머리로 손날이 떨어졌다.
"으갸!"
"넌 대체 뭐 하러 온 거야?"
머리를 붙잡고 울상이 된 메이에게 오그가 한심하다는 듯이 그렇게 말했다.

메이에겐 아직 게이트 마법을 알려주지 않았으니 게이트가 열렸다는 것은 오그가 함께 왔다는 뜻이다.

그러고 보니 게이트에서 나왔을 때 할 말이 있다고 했었지.

"아! 그랬죠! 신 오빠!"

메이는 실버를 내려놓고 나를 똑바로 바라보았다.

"왜?"

"저도 얼티밋 매지션즈에 들어가고 싶어요!"

…….

"응?"

"응? 이라고 할 때가 아니잖아요! 너무해요! 얼티밋 매지션즈에서 신규 단원을 모집한다고 들었어요! 그런데 제게 알려주지 않으시다니!!"

"아니, 메이, 모집 안내문은 읽었어?"

"모집 안내문?"

"이런 사람을 모집합니다, 하고 적힌 거."

"안 봤는데요."

역시나.

메이는 우리가 신규 단원을 모집한다는 말만 듣고 달려온 모양이다.

"저기, 이번에 모집하는 건 작년과 올해 각국의 고등 마법 학원 졸업자에 한해서야."

"네?! 어째서요?! 딱히 더 젊어도 상관없잖아요!"

"안 돼."

메이의 주장을 오그가 단칼에 잘랐다.

"어째서 안 된다는 거죠?!"

"확실히 실력만으로 입단할 수 있다면 너여도 딱히 상관없겠지."

"그럼 저도 시험을 보게 해줘도 되잖아요!"

"얼티밋 매지션즈는 군대가 아니다."

오그의 그 말에 메이가 놀란 표정이 됐다.

"전장에 보내는 거라면 젊어도 상관없어. 하지만 얼티밋 매지션즈는 군대가 아니다. 국민과 국가의 요청을 받아 그 나라의 마법사로는 해결하기 어려운 안건과 너무 멀어서 금방 갈 수 없는 지방의 문제를 해결하기 위한 조직이지. 따라서 실력만이 아니라 신뢰도 필요해."

"……어린애라면 믿어주지 않는다는 건가요?"

"그래. 파견된 인원을 보고 정말로 의뢰를 달성할 수 있을까? 라는 그런 불안감을 품는 일은 있어선 안 돼."

뭐, 우리도 이제 갓 20살이 됐지만 슈투름과 마인들을 토벌해 널리 알려졌기에 신뢰받고 있다.

반대로 말하자면 그런 실적이 없으면 각국의 의뢰가 올 일도 없었을 것이다.

풋내기 집단이니까.

그런 풋내기 집단의 하부 조직이니 적어도 우리와 나이가 비슷하지 않으면 신규 단원들을 신뢰하지 않을지도 모른다.

이번 모집 사항엔 그런 의도도 포함되어 있다.

그 말을 들은 메이는 한동안 복잡한 표정을 했지만 이내 살며시 숨을 내쉬었다.

"……알겠어요. 신 오빠, 고집부려 죄송해요."

"아니, 괜찮아. 그리고 메이도 내년 고등 마법학원에 들어가 졸업하면 모집 자격에 맞으니 그 후에도 늦지 않아."

"으…… 하지만 전 얼티밋 매지션즈의 신규 단원 1호가 되고 싶었어요."

아, 그런 목적도 있었구나.

하지만 아쉽게도 그걸 기다리는 건 좀 어렵겠지.

인원 부족 문제는 훈련 시간도 있으니 서둘러 모아야 하니까.

거기다 메이를 신규 단원 1호로 삼는 것은 오그가 전에 말했던 것처럼 불필요한 억측을 낳을 수 있으니 안 되겠지.

그걸 설명하니 받아들이기 어려운지 메이는 입술을 삐죽 내밀고 토라지고 말았다.

"다른 사람이 하는 말은 무시하면 돼요. 저는 무슨 말을 들어도 상관없는데."

"그럴 수는 없지."

타인의 의견을 신경 쓰지 않는다는 메이에게 오그는 깊은 한숨을 내쉬었다.

"주위의 의견과 소문은 무시할 수 없는 법이다. 만약 악의를 품고 소문을 퍼뜨린다면 그게 우리의 평판이 돼. 실정을 모르니까 말이야. 사실을 모르는 백성들은 그럴듯한 소문이 사실처럼 느껴지는 법이다."

"으."

뭐 이건 흔한 일이지.

좋지 않은 소문이 있는 사람과 직접 만나보면 무척 좋은 사람이었다는 것처럼.

"신을 봐라. 실제로는 이런 엉망진창인 녀석이지만 그 책 덕분에 일반적인 이미지는 마치 성인 같잖아."

"나?!"

그보다 그 책은 왕가에서 낸 거잖아!

애초에 원인은 왕가에 있는 거라고!

"어? 신 오빠는 훌륭한 사람인데요? 그 책 내용하고 크게 다르지 않아요."

"잠깐, 메이."

어? 메이가 생각하는 나는 그 책의 등장인물과 비슷해?

"호오…… 이렇게나 가까운 메이도 그렇게 생각하다니. 인상 조작이 완벽한 수준이군."

"뭐라고?!"

인상 조작이라니! 역시 의도적으로 쓴 책이지?!

"이 자식! 오그! 역시 그런 거였냐?! 그것 때문에 내가 얼마나 부끄러운데!"

"하지만 덕분에 너를 두려워하는 사람은 없잖아?"

"그, 그건 그렇, 지만……."

"나로서도 네가 필요 이상으로 두려움을 사는 건 피하고 싶었으니까."

"오그……."

내 평판을 신경 써서…….

"……그런 것치고는 죽을 만큼 웃었다고 들었는데?"

오그는 누구보다도 먼저 원고를 봤으니 책이 되기 전에 읽은 셈이다.

그때, 숨쉬기 힘들어할 정도로 폭소했다고 들었다.

"……."

"……."

"……푸흡."

"이 자식! 역시 재밌어하는 거잖아!"

이 녀석.

지금도 생각나서 웃음을 참고 있잖아.

아니, 참지도 못하고 있잖아!

"뭐, 농담은 넘어가고 소문을 얕봐선 안 돼. 메이가 들어오기 전에 신규 단원을 모집한 뒤 고등 마법학원을 제대로 졸업해 시험을 돌파하면 이상한 말을 하는 사람도 적어질 거다.”

“……알겠어요.”

제길, 결국 농담으로 치부하네.

그건 그렇고 메이는 오그의 설득에 간신히 포기한 듯했다.

“아, 그런데 메이는 고등 마법학원에 진학할 거야? 지금까지 그런 전제로 이야기했는데.”

“물론 그럴 생각이에요!”

“뭐, 실기는 문제없겠지만 필기는? 제대로 공부하고 있나?”

오그가 그렇게 묻자 메이가 그대로 굳어버렸다.

“메이?”

지금껏 얌전히 우리의 이야기를 듣고 있던 실버도 갑자기 굳어버린 메이를 보고 의아한 듯이 말을 걸었다.

그 목소리로 정신을 차렸는지 메이는 천천히 우리를 보았다.

“에헷.”

그렇게 웃으며 한쪽 눈을 윙크하고는 혀를 살짝 내밀고 머리에 손을 가져갔다.

아…… 이런 과장된 행동을 일부러 한다는 것은…….

“너…… 설마 실기만 신경 쓰고 필기는 건성인 건…….”

“그, 그렇지 않아요!”

그렇게 말한 메이의 눈이 심하게 흔들렸다.

이거, 보아하니 위기 상황인가?

“알겠다. 앞으로 필기 성적이 나쁘면 실기를 금지토록 하지.”

"네?! 오라버니, 너무해요!"

그, 그렇게 말할 정도인가?

너무하다는 말을 들은 오그는 그 말과는 다르게 산뜻한 미소를 지었다.

……너무나도 정반대여서 그 미소가 무서울 정도로…….

"힉!"

"그런가. 동생을 걱정하는 오빠의 마음을 몰라주다니 슬프군. 그럼 내가 널 진정으로 걱정한다는 걸 깨닫게 해줘야겠어."

"아니요! 알고 있어요! 충분히 이해했어요!"

"아니, 그럴 리가 없잖아. 확실하게 태도로 보여줘야겠지."

"보여주지 않아도 돼요!"

"그럼 신. 우리는 따로 할 일이 생겼다. 오늘은 이만 실례하지."

"도와주세요! 신 오빠!"

오그는 작별 인사를, 메이는 돌아가고 싶지 않다고 애원했지만…….

"아, 알았어. 그럼 또 보자, 오그."

"신 오빠?!"

미안, 메이.

나도 지금의 오그를 말리는 건 무서워.

"그래. 또 보자. 그만 가자, 메이."

"싫어요~!"

오그는 울상이 된 메이의 뒷덜미를 붙들고 돌아갔다.

"……메이, 괜찮으려나?"

"어, 아, 글쎄요?"

시실리는 그렇게 말했지만 오그가 자신은 물론 타인에게도 엄격하다는 것을 이미 알고 있으니 앞으로 메이에게 벌어질 상황은 간단히 예상했을 것이다.

메이의 습격이 있던 다음 날, 얼티밋 매지션즈의 사무실에서 메이의 이야기를 했다.

그 말을 들은 앨리스는 어딘가 이해가 된다는 표정이었다.

"아~ 메이 공주님이라면 그렇게 말할 법하네. 그 아이, 늘 장래에 얼티밋 매지션즈에 들어오고 싶다고 말했으니까."

"그래? 그럼 콜린 군하고 아그네스 양은?"

"콜린 군은 장래에 허그 상회를 잇겠대. 아그네스 양은 아마도 콜린 군과 결혼하지 않을까?"

"아, 역시 그렇구나."

아그네스 양은 내가 돌봐주던 초등학원 시절부터 콜린 군에게 호의를 품은 것이 뻔히 보였으니까.

잘되고 있다니 다행이네.

그리고 본인에게도 상대가 생겼기 때문인지 앨리스도 타인의 연애에 질투하지 않게 됐다.

"메이는 연애 관련 얘기가 없어?"

"글쎄? 그런 이야기까지 들은 적은 없어서. 중등학원 친구도 모르고."

"린도?"

"타인의 연애에 관심 없어."

"아, 그렇구나."

린은 여전히 마법 이외엔 흥미가 없어 보인다.

"그러고 보니 올해 고등 마법학원 지원자가 사상 최대를 기록했다던데, 공주님은 괜찮으신 건가요?"

그렇게 물은 사람은 샤오린 씨였다.

"어? 그래요? 그보다 샤오린 씨가 어떻게 그런 걸 알고 계세요?"

의외의 인물이 준 정보에 나도 모르게 되묻고 말았다.

그러자 샤오린 씨가 살짝 한숨을 쉬었다.

"드디어 어학원을 개설하게 되어 학생을 모집하기 위해 중등학원에 크게 광고했는데, 지금 중등학원생은 마법 관련 사설 학원이 제일 인기라더군요."

"아, 그렇군요."

"어학원도 사설 학원이니 마법사의 소질이 없고 경제, 법리학으로 가려는 학생이 와주고 있습니다. 하지만 조금이라도 마법사 소질이 있는 아이는 전부 마법사 사설 학원에 다닌다고 하더군요."

아, 그렇구나. 그래서 아는 거였어.

“그렇다면 내년 고등 마법학원 수험자가 상당히 많아진다는 건가.”

메이, 실기는 괜찮겠지만 필기는 괜찮으려나?

오그에게 끌려갔으니 그 후에 어떻게 됐는지 확인하려고 오그를 보았다.

내 시선을 알아차린 오그는 슬며시 숨을 내쉬었다.

“그 녀석은 정말로 감각파야. 너처럼 논리적으로 생각하지 않으니 상당히 붕 뜬 지식만 갖고 있더군.”

“……정말?”

“뭐, 실기는 실제로 확인했으니 문제없다. 합격은 하겠지만 S반에 들어갈 수 있을지는 미묘한 정도지.”

“흐음. 하지만 얼티밋 매지션즈의 응모 조건은 고등 마법학원 졸업생이니까 반은 상관없는 것 아니야?”

“그건 그렇지만 가능하면 S반이 좋지. 사람 수가 적으니 여차할 때 대처하기 쉬우니까.”

“왕족은 그런 일도 신경 써야 하는구나.”

“그렇지. 그리고 허그와 도넬리는 필기도 우수하다고 하니 분명 S반이 될 테지. 그렇게 말해줬더니 필사적으로 공부를 시작했다.”

허그는 콜린 군을, 도넬리는 아그네스 양을 말한다.

“흠. 그럼 어떻게든 되려나?”

"이래저래 목표가 생겼으니까 동기 부여로 의욕이 생겼는지 희귀하게도 방에서 공부하고 있다."

희귀하다니…….

메이…….

그런 대화가 오가고 내년 이후에도 신규 입단 희망자는 문제없을 것 같다고 확인한 뒤 얼마 지난 무렵, 각국에서 1차 선발이 끝났다는 연락이 왔다.

그 1차 선발자의 수를 나와 오그가 확인했는데…….

"……담의 1차 선발자 수가 많군."

"그러게……."

담은 지난 엘리 습격 사건의 주모자가 있다고 추측되는 나라다.

결국 담이 관여한 증거를 찾지 못했고 용의자도 찾아내지 못했다.

그러나 상황적으로 수상하다는 점에선 변함이 없기에 오그는 지금도 경계를 풀지 않았다.

그야 자기 아내와 아이가 표적이 됐으니 당연하겠지.

그런 담에서 보낸 1차 선발 합격자의 수가 다른 나라에 비해 상당히 많았다.

"아무래도 의심하게 되는데, 많은 수를 보내면 한 명 정도는 통과할 거라고 생각하는 걸까?"

"……이거 선발 조건을 상당히 엄격히 할 수밖에 없지 않을까?"

"하부 조직이라지만 너의 직접적인 지도를 받게 돼. 처음부터 그럴 생각이었으니까. 담의 후보자는 특히 주의해서 행실을 조사하기로 하지."

실제로는 엘리를 습격한 범인과는 아무런 관계가 없는 사람도 있을 것이다.

그러나 아무래도 편견이 생기고 만다.

그나저나 알마 씨도 참 불쌍하네.

심문 결과 알마 씨의 결백이 증명됐다.

사무실 내부를 둘러보니 책상에서 착실하게 일하고 있는 알마 씨가 보였다.

다른 사무원들과 허물없이 지내게 됐으니 일하기 껄끄러워지는 일은 없을 것 같다.

알마 씨의 일은 서류 옮겨 쓰기와 보고서 작성으로, 그 일 처리는 알스하이드 왕성 근무의 문관들도 인정하고 있다.

근무 태도도 착실하고 능력도 뛰어나다.

그렇지만 그녀의 모국은 오그에게서 의혹의 시선을 받고 있다.

이러지도 저러지도 못하겠지…….

나는 그렇게 생각하며 열심히 펜으로 서류를 작성 중인 알마 씨를 보았다.

그러고 보니…….

"타자기 같은 건 없구나."

"타자기?"

중얼거린 내 말에 오그가 반응했다.

"그게 뭐지? 또 전생에 있던 도구인가?"

"어? 아, 나도 모르게 말했구나. 맞아, 기계식으로 문자를 종이에 쓰는 도구야. 이 세계의 문자 양식이라면 있는 편이 편리할 것 같아서."

"흠…… 구체적으로 어떤 도구지?"

그렇게 물었기에 나는 그림을 그려가며 타자기를 설명했다.

처음에는 흥미 위주로 듣던 오그의 얼굴이 점점 열기를 띠기 시작했다.

어, 뭐지?

"신! 그걸 당장 만들어다오! 서둘러서!"

"그, 그래. 네가 그렇게 말한다면 만들어 보겠지만…… 갑자기 왜?"

오그의 열기가 상당하다.

눈에서 레이저가 나온다고 해도 될 정도로.

"그게 있으면 서류 작성 시간을 대폭 단축할 수 있다! 읽기 어려운 서류에 고민할 필요도 없지! 훌륭하지 않은가!"

오그의 절찬이 쏟아졌다.

갑자기 큰 소리로 말했기에 사무원들도 일을 멈추고 우리를 보았다.

"무슨 일 있나요?"

그런 사무원을 대표해 카탈리나 씨가 그렇게 물었다.

"음. 신이 훌륭한 발명 아이디어를 떠올려서 나도 모르게 흥분하고 말았군."

"훌륭한 발명…… 전하께서 그렇게 말씀하시다니 만들어도 문제가 없는 물건이군요. 그게 뭐죠?"

내가 만드는 도구에 민감하게 반응하는 토르도 이야기에 끼어들었다.

"그게 말이다……."

오그가 앞서 내가 설명한 내용을 말하자 사무원들과 토르의 눈이 반짝였다.

"훌륭해요, 신 님! 바로! 지금 바로 만들죠!"

"네! 맞아요! 지금 바로! 서둘러 만들어 주세요! 그 발명품은 그야말로 우리의 구세주가 될 겁니다!"

오그와 마찬가지로 토르와 카탈리나 씨도 상당한 열기였다.

카탈리나 씨뿐만 아니라 다른 사무원들도 기대에 찬 눈으로 바라보고 있었다.

그런 상황에서 알마 씨가 조심스럽게 손을 들었다.

"응? 왜 그래요, 알마 씨?"

"저, 저기……."

알마 씨는 쭈뼛거리며 내 눈을 보고 말했다.

"가, 값을 치를 테니 개인용으로 하나 살 수 있을까요?"

"개인용?"

"네. 저기…… 그게 있으면 집필에 많은 도움이 될 것 같아서……."

자신이 소설가라는 사실을 카탈리나 씨 이외의 사무원에게도 밝힌 알마 씨가 그렇게 말했다.

"그거 훌륭하네요! 집필 속도가 오르면 아말리에 선생님의 신작을 더 빨리 읽을 수 있다는 거군요?!"

아말리에는 알마 씨의 펜네임이다.

그런 아말리에의 열렬한 팬인 카탈리나 씨가 아까 이상의 열기로 열변을 쏟아냈다.

일보다 취미인가.

"신. 이건 왕태자인 내 긴급 의뢰다. 서둘러 그 타자기를 제작해줘."

"사, 상관없는데 또 빈 공방에 부탁하게 될 테니…… 개발에 시간이 걸릴지도 몰라."

빈 공방은 지금 자동차 해석과 제작도 시작한 상황이다.

그 사이사이에 제작하려고 하면 시간과 인원이 부족한데…….

"차는 뒤로 미뤄도 돼! 그것보다 이걸 최우선으로 해다오! 정 그러면 왕명을 내리지!"

"그렇게 일을 크게 벌이지 마! 알았어! 공방엔 그렇게 말해둘게!"

"부탁한다!"

……오그의 이런 모습은 처음 보네.

옆에는 마찬가지로 필사적인 표정을 한 토르와 사무원들의 얼굴도 보였다.

서류 작업에 상당히 시달렸나 보네.

이거 서둘러 타자기를 완성하지 않으면 사무소에서 큰 일이 일어날지도 몰라…….

"미안, 마크. 또 무리한 부탁을 하게 생겼어……."

"하하…… 전하의 명령이라면 어쩔 수 없습다. 확실히 자동차보다 이쪽이 우선도가 높을 것 같고요."

빈 공방에 힘든 일을 넘기면 마크에게도 영향이 없을 수가 없게 된다.

따라서 마크에게 사과하니 쓴웃음을 지으면서도 이해해 주었다.

"하아, 이럴 줄 알았으면 더 빨리 만들 걸 그랬어."

"어쩔 수 없습다. 우리는 그런 물건이 필요 없으니까요."

"그것도 그렇네."

그렇게 사무원들이 신규 단원의 입단 시험 준비에 바쁠 때, 나와 마크는 타자기 제작에 바빠지게 됐다.

하아, 무심코 한 말에 갑자기 바빠지게 생겼네.

◆

“으아…… 바빠…….”

얼티밋 매지션즈 신규 입단 시험이 얼마 남지 않은 어느 날, 나는 사무실 책상에 엎드려 있었다.

1년이나 이런 활동을 한 덕분인지 지금은 긴급 안건이 사라져 처음 때처럼 전원이 매일 출근하는 일이 없어졌다.

즉, 얼티밋 매지션즈의 활동은 그렇게 바쁘지 않게 된 셈인데…….

“뭐야? 많이 피곤해 보이네?”

나와 마찬가지로 오늘은 출동이 없어 사무실에서 대기하던 마리아가 그렇게 물었다.

“맞아…… 오그가 타자기 제작을 재촉해서……. 그것 말고도 고정 통신기의 인프라 공사가 시작됐고 그 리그도 시작될 테니 준비해야 하고…….”

지난번 무심코 타자기에 관해 이야기하자 오그가 뜨거운 반응을 보이며 만사 제쳐놓고 개발해 달라고 의뢰했다.

그 열정이 상당해서 나라의 상층부를 설득해 개발 보조금까지 가져왔다.

오그의 설명을 들은 상층부 사람들도 만장일치로 찬성했다고.

……서류 작업에 얼마나 많은 불만이 있는 거냐고…….

덕분에 나와 빈 공방 아저씨도 싫은 소리 하나 할 수 없었고, 빈 공방의 종업원을 총동원해 개발에 착수했다.

어떤 것이라는 완성형은 알고 있지만 상세한 기능은 몰랐기에 상당한 시행착오를 겪었다.

거기다 드디어 고정 통신기를 일반인들에게 공개하기로 했다.

사업은 나라에 양도했지만, 작업 중 계속해서 의견을 물어왔다.

이것도 완성형은 알고 있지만 거기에 이르는 과정을 몰랐기에 시행착오가 이어졌다.

특히 교환소가.

그리고 방금 말한 리그란 우리가 놀이로 시작한 매지컬 배구가 어느새가 일반인에게 널리 보급되어 국민적 스포츠가 됐다.

그렇다면 프로 리그를 만들어 엔터테인먼트 사업으로 삼자는 기획이 나왔다.

원래는 점점 쌓여만 가는 월포드 상회의 자금을 사회에 환원하자는 의미로 기획했지만 어느새 많은 사람이 모였다.

알스하이드 국내에 있는 각 도시에 프로팀을 하나씩 만들어 1년 동안 홈경기와 원정 경기로 시합하게 됐다.

그 경기장과 연습장, 클럽 하우스 건설에 일정 조정, 스폰서 선별, 규칙 확정 등…….

할 일이 산더미처럼 쌓인 결과, 그것을 통괄하는 알스하이드 매지컬 배구 협회가 발족했고 회장으로 내가 선택됐다.

매일매일 몸을 움직일 일은 적어졌지만 머리를 계속해서 써야 했기에 뭐라 표현하기 어려운 권태감에 짓눌리게 됐다.

내가 그렇게 말하자 마리아가 황당하다는 시선을 보냈다.

"그걸 왜 다 끌어안은 거야? 거기다 신규 단원 입단 시험도 있잖아? 너 그러다 죽어도 모른다."

"알고 있어……."

알고는 있지만 전부 손을 놓을 수가 없어서 말이지…….

"하지만 처음만 넘어서면…… 나머진 알아서 움직일 거야!"

무슨 일이든 시작이 제일 어려운 법.

그게 끝나 궤도에 오르기만 하면 나머진 쉴 수 있어! 아마도!

"매일 시실리가 치유해 주지만 머리의 피로는 도무지 풀리지 않아서."

내가 그렇게 말하자 마리아의 뺨이 살짝 붉어졌다.

"뭐야, 은근슬쩍 부부 관계를 털어놓지 마!"

부부 관계?

"아니야! 시실리가 매일 회복 마법을 써주는 것뿐이라고!"

어째서 시실리가 치유해주는 게 부부 관계로 이어지는 거야?!

"헤, 헷갈리게 말하면 어떡해?!"

착각한 사실이 부끄러웠는지 마리아는 새빨개진 얼굴로

반론했다.

아니, 멋대로 착각한 건 그쪽이잖아.

그나저나 착각을 부끄러워하는 모습은 있지만, 부러워하는 것 같지는 않다.

예전의 마리아라면 혀를 차며 투덜댔을 텐데…….

혹시?

그렇게 생각한 나는 무심코 히죽히죽 웃으며 마리아를 바라보고 말았다.

"……왜 웃고 있어? 혼난다?"

"어째서?!"

불합리하잖아!

"잘 될 것 같아?"

"……노코멘트."

마리아는 그렇게 말하며 새빨개진 얼굴을 휙 돌려버렸다.

"그건 긍정하는 거나 마찬가지인데……."

"뭐?"

"아니요, 아무것도 아닙니다."

마리아가 노려보자 나는 재빨리 눈치를 살폈다.

무서워라…….

"그것보다 입단 시험은 괜찮아? 그렇게 바삐 움직였는데 부족한 부분이 있으면 큰일이잖아."

"그건 괜찮을 거야. 입단 시험은 오그가 관리하고 있으니까."

하부 조직이라지만 초국가적 조직인 얼티밋 매지션즈에 소속될 사람을 선발하는 시험이다.

최종 시험 수험자는 각국을 끌어들여 철저하게 행실을 조사하고 있다.

이미 몇 명인가 잘린 사람이 있다고.

……역시 그런 사람이 있었구나 싶지만, 이런 철저한 조사는 민간에선 할 수 없다.

따라서 오그의 주도로 조사 중이다.

최종적으로는 행실 조사를 통과한 사람을 최종 시험에서 다시 선발할 예정이다.

그 이야기를 하니 마리아는 팔짱을 끼고서 복잡한 얼굴이 됐다.

"걸러진 사람이 있다는 건 좋지 않은 조직이 얼티밋 매지션즈에 들어오려고 했다는 거야?"

"그것도 있지만 그것만이 아닌 모양이야."

역시라고 해야 할지, 걸러진 사람은 담이 선출한 사람이 제일 많았지만 다른 나라 출신도 몇 명인가 있었다.

그리고 알스하이드 출신 중에서도 걸러진 사람이 있었다.

"인격적으로 문제가 있거나 평소 행실이 좋지 않은 사람도 있었던 모양이야. 그런 사람도 걸러졌대."

"조직의 평판을 깎을 가능성이 있는 사람을 말이지?"

"그래."

그 결과 많았던 응모자가 많이 좁혀졌다고 한다.

이제 최종 시험에서 실기와 면접으로 신규 입단자를 정하게 된다.

최종 시험에서 한 번 더 실기를 보는 이유는 게이트를 쓸 수 있을 정도의 힘이 있는지를 알아볼 수 있는 것은 우리뿐이기 때문이다.

면접은 직접 그 사람을 보지 않으면 판단할 수 없으니까.

수험자가 거짓말을 하는지 알아보기 위해 알마 씨에게도 사용한 그 펜던트를 사용하는 건 어떠냐는 의견도 있었지만, 그건 역시나 지나치다고 해서 받아들여지지 않았다.

즉, 스스로 보고 판단하라는 거지.

뭐, 철저하게 행실 조사도 했으니 문제없겠지만.

그런 사정으로 신규 입단 시험은 곧 최종 시험 수험자가 정해진다.

1차 시험을 포함한 합격 결과는 그 후에 일제히 발표된다고 한다.

그리고 최종 시험이 끝나 합격자가 나오면 이번엔 하부 조직 소속 인원의 훈련이 시작된다.

물론 담당은 나.

…….

"너…… 정말 위험한 거 아니야?"

"누가 좀 도와주지 않으려나……."

타자기 개발에 고정 통신기 설치, 새로운 리그 설립에 새내기 교육까지…….

일이 너무 많잖아!

책상에 엎드려 머리를 싸매고 있던 중 사무실에 게이트가 열렸다.

"최종 시험 선발자가 정해졌다. 응? 왜 그래, 신. 책상에 엎드려서는."

서류를 든 오그가 나를 보고는 고개를 갸웃했다.

"아, 최종 시험을 통과한 사람이 있으면 신이 새내기 교육을 하게 되잖아요? 일이 너무 많아서 쓰러질 것 같대요."

"아……."

오그는 이해했다는 듯이, 그리고 연민이 섞인 목소리로 그렇게 말했다.

"그렇군. 신에게 맡기는 게 제일이라고 생각했지만 역시 일이 너무 많았나……. 그렇다면 너는 게이트를 알려주는 것만 하면 돼. 그것 이외의 기초 능력 향상은 시간이 있는 사람이 하기로 할까."

"그러게요. 저도 그렇게 해도 상관없어요."

오그의 제안에 마리아도 찬성했다.

"너, 너희들……."

나는 친구의 눈물이 나올 정도로 고마운 말에 감동했다.
난 어쩜 이리도 좋은 친구를 지녔단 말인가!
"사무실에서 대기만 하는 건 심심하니까."
"……."
마리아는 그렇게 말하며 기지개를 켰다.
…….
제길! 내 감동을 돌려줘!

◆

『얼티밋 매지션즈 신규 단원 모집.』
그 고지는 알스하이드뿐만 아니라 주변 각국에 이르기까지 충격을 주었다.
『사상 최강의 마법사 집단.』
『마인왕전역의 공로자.』
『세계를 구한 영웅.』
수많은 이명으로 불리는 그들은 민중으로부터 폭넓은 지지를 받았다.
가능하다면 그 일원이 되고 싶다.
마법사라면 한 번은 그런 생각을 했으리라.
그러나 얼티밋 매지션즈는 고등 마법학원 동급생들이 만든 조직이라는 폐쇄적인 인상이 강해 외부인의 가입은 어려울 것으로 여겨졌다.

그러나 갑작스럽게 신규 단원을 모집한다는 고지가 나왔다.

당연히 각국의 마법사 집단들은 술렁였으며, 대부분이 절망했다.

그 이유는 신규 단원 모집의 조건에『작년과 올해 각국의 고등 마법학원을 졸업한 사람』이라는 조건이 있었기 때문이다.

예전에 고등 마법학원을 졸업한 사람은 지원 자격조차 없었다.

당연히 마법사 대부분이 그 조건에서 벗어나기 때문에 여기저기서 아쉬워하는 소리가 나왔다.

개중에는 항의하려는 사람도 있었지만 각국의 담당자가 「나라의 조직에 오래 근무한 사람은 내부 사정을 잘 알 테지만 소속된 지 1년 정도라면 조직의 기밀까지는 알지 못할 것이라는 배려 때문」이라고 설명했기에 어쩔 수 없이 받아들일 수밖에 없었다.

그런 상황에서 운 좋게 그 조건에 해당하는 자들은 거의 모두가 시험에 응모했다.

처음엔 얼티밋 매지션즈의 사무실이 있는 알스하이드에서 시험을 치르게 될 줄 알았지만, 응모자가 쇄도한 탓에 각국에서 1차 시험을 보게 됐다.

1차 시험이 끝난 후, 몇 주간이라는 선고 기간치고는 조금 길게 느껴질 정도의 시간이 흐른 뒤, 드디어 1차 시험 합격자가 발표됐다.

그 합격률이 이상할 정도로 낮아서 합격자는 총수험자의 1퍼센트도 되지 않았다.

불합격된 사람의 대부분은 역시 그럴 줄 알았다고 생각했다.

합격할 것 같아도 혹시나 하는 마음에 시험을 본 사람이 많았기 때문이다.

그러나 그중에는 자신이 불합격했다는 사실에 화를 내는 사람도 있었다.

"뭐?! 왜 내가 불합격인 거냐고!!"

그 인물은 자신의 나라 마법학원에서도 항상 수석을 차지한 인물이었다.

그를 적대하는 사람이 없었고 나라의 마법사단에도 간부 후보생으로 입단했었다.

그런 사람이 불합격 처리됐다.

자신을 엘리트로 믿어 의심치 않았던 남자는 그 불합격 통지서를 떨리는 손으로 움켜쥐었다.

"어째서냐고…… 왜 내가 불합격이라는 거야……."

그렇게 중얼거리는 남자에게 동료가 위로하듯 어깨를 두드렸다.

"이번엔 대부분이 떨어졌다니까 너무 낙담할 필요 없어."

동료는 그렇게 말하며 자신도 받은 불합격 통지서를 남자에게 보여주었다.

그러나 남자는 그런 동료의 손을 뿌리쳤다.

"시끄러워! 내가 너랑 같은 줄 알아?! 네가 떨어진 건 당연하겠지만 내가 떨어진 건 이상하다고!"

"뭐?!"

남자의 폭언에 동료의 얼굴이 순간 분노로 물들었다.

그러나 확실히 남자의 말대로 자신의 실력은 스스로 잘 알고 있었다.

자신은 아무리 애써도 이 남자를 이길 수 없다는 사실도.

따라서 동료는 분노에 지배되면서도 이기적이고 자기가 제일이라는 남자에게 반론하지 않았다.

이것이 이 남자가 불합격으로 처리된 원인이다.

1차 시험인 실기는 합격했다.

그러나 그 후의 행실 조사에서 엘리트 의식이 강하고 타인을 깔보는 경향이 있으며 자신이 1등이 되기 위해서라면 타인을 업신여기는 것도 꺼리지 않는다는 조사 결과가 있었다.

그런 남자가 심사를 통과할 리가 없으니 일찌감치 탈락했다.

"어째서…… 나는 같은 세대 중에서 1등이야. 떨어질 이유가 없다고!"

그리고 그런 인간은 각국에 있었다.

그런 상황에서 흥분한 남자를 보며 자신이 받은 합격 통지서를 숨긴 채 조용히 방에서 나가는 인물이 있었다.

"어, 어떡하지. 이러면 합격했다는 말은 못 해."

주위 사람들이 침울해하거나 화를 내는 상황에서 자신이 합격했다고 말하지 못하는 사람 또한 각국에 있었다.

그렇게 자신의 합격을 타인에게 자랑하지 않는 인물만이 최종 시험을 보게 됐다.

◆

얼티밋 매지션즈 신규 입단 시험.

드디어 그 최종 시험이 열린다.

시험장은 알스하이드 마법사단의 연습장을 빌리게 됐다.

지금부터 신규 단원을 훈련시킬 것을 고려하면 연습장을 확보하는 편이 좋을지도 모르겠다.

우리의 연습장이라면 그 황야가 있지만 거긴 게이트가 없으면 갈 수 없으니까.

새로운 단원이 스스로 연습할 때를 대비해서라도 걸어서 갈 수 있는 연습장이 있는 편이 좋을 것이다.

나중에 오그한테 말해봐야지.

그런 생각을 하고 있으니 오그가 최종 시험 수험자들 앞에서 연설을 시작했다.

"다들 잘 와주었다. 나는 얼티밋 매지션즈 부장인 아우구스트다. 지금부터 신규 입단 최종 시험을 보겠다. 시험 내용은 실기, 그리고 면접이다. 우선 실기부터 보겠다. 모두의 실력을 아낌없이 발휘해다오."

간결히 그렇게 말하고 빠르게 내려오고 말았다.

수험자를 보니…… 아, 갑자기 알스하이드의 왕태자가 나오는 바람에 많이 긴장하고 있네.

여기에 모인 사람은 철저한 행실 조사를 거쳐 모은 인재들이라 인격적으로 문제가 없는 사람이 많아서 괜히 소란 피우는 사람은 없었다.

자신 없는 듯 고개를 숙인 사람도 있었지만, 다부진 얼굴로 진지하게 시험을 보려는 사람이 더 많았다.

그런 진지한 사람들만 모아 실기 시험을 치른다.

고등 마법학원의 입학시험처럼 자신이 잘하는 마법을 전력으로 사용하는 것이 아니라 다양한 마법을 사용하게 한다.

다만 조건이 하나 있다.

수험자를 실기 시험 장소까지 안내한 카탈리나 씨가 수험자에게 설명을 시작했다.

"지금부터 실기 시험을 보겠습니다. 이번 시험에선 자신이 사용할 수 있는 마법을 다양하게 써주세요. 공격 마법이든 보조 마법이든 치유 마법이든 상관없습니다. 쓸 수 있는 모든 마법을 써주시면 됩니다."

그 설명으로 수험자의 얼굴에 당황한 기색이 떠올랐다.

"다만."

그런 수험자들에게 카탈리나 씨가 말을 이었지만, 그 말을 들은 수험자의 얼굴이 당황에서 경악으로 바뀌었다.

"영창은 사용 금지입니다. 무영창으로 시험을 보겠습니다."

그 말을 들은 순간 수험자들이 술렁이기 시작했다.

"무, 무영창이요? 그게 무슨 의미가……."

"대답해드릴 수 없습니다."

수험자의 질문에 단호히 대답한 카탈리나 씨.

카탈리나 씨는 유능한 비서 같은 용모라 단호히 말하면 묘한 박력이 있다.

지금 질문한 수험자도 그 이상 묻지 못하고 말문이 막힌 모습이었다.

"다른 질문 있습니까? 없으면 호명된 분부터 순서대로 마법을 보여주세요. 그럼……."

이렇게 실기 시험이 시작됐다.

"여러분, 수고하셨습니다."

마지막 수험자의 실기가 끝나고 카탈리나 씨가 수험자들에게 그렇게 말했다.

실기 시험이지만 고등 마법학원을 막 졸업하거나 이제 1년밖에 되지 않은 사람이 대상이라 이 정도인가 싶은 인상이었다.

지금 쓸 수 있는 마법은 비슷한 수준.

그중에서 장래성이 있을 법한 사람을 선별하는 작업이 기다리고 있다.

수험자 리스트를 보며 장래성 등을 체크하고 있으니 카탈리나 씨가 내게 다가왔다.

"저, 실례합니다, 신 님."

"응? 무슨 일이에요?"

내가 되묻자 카탈리나 씨는 말하기 껄끄러운 표정을 했다.

"그게요, 수험자분들이 저, 신 님의 마법을 보고 싶다고 합니다만……."

"내 마법을요?"

어째서?

자신의 마법이 합격 기준에 도달했는지를 알고 싶은 건가?

합격 기준을 알려주지 않았으니까.

"알았어요. 간단한 거면 돼요?"

"괜찮으신가요?"

"뭐, 수험자들도 합격 기준을 모르면 불안할 테니까요."

마법사단의 연습장을 빌린 것뿐이니 황야에서처럼 편하게 마법을 사용할 수는 없다.

연습장을 망가뜨리면 마법사단장인 올그란 씨나 차기 사단장이라 불리는 지크 형에게 혼날 테니까.

"그럼 저 표적을 망가뜨려도 돼요?"

"아, 네."

카탈리나 씨의 대답을 들은 나는 모두가 마법을 사용했던 시작선 앞에 섰다.

"음, 어떻게 할까."

잠시 생각에 잠긴 뒤 문뜩 떠오른 것이 있었다.

"그럼, 간다."

나는 숨을 죽이고 지켜보는 수험생들에게 그렇게 말한 뒤 마법을 사용했다.

처음에 사용한 것은 흙 마법으로 돌을 탄환처럼 발사하는 마법.

이것으로 표적의 축을 파괴했다.

기둥이 부러져 쓰러지려는 표적을 바람 마법으로 작은 소용돌이를 만들어 하늘 위로 감아올렸다.

그리고 떠오른 표적을 향해 불 마법으로 만든 불구슬을 발사했다.

상공에서 타오르는 표적이 지면으로 떨어지기 전에 물 마법으로 불을 껐다.

그 결과 새카만 숯이 된 표적이 땅으로 떨어졌다.

"음, 이런 느낌이면 돼?"

그렇게 말하며 돌아보자 수험생들뿐만 아니라 카탈리나 씨까지 입을 벌리고 멍하니 서 있었다.

"응? 어라? 저기요~ 이 정도면 되나요?"

내가 묻자 카탈리나 씨가 정신을 차리고 말했다.

"아, 네! 괜찮습니다!"

"응, 다행이네요."

시범으로는 합격인 듯하다.

아무래도 고등 마법학원 입학시험 때는 혼나지 않을까 조마조마했었던 기억이 있다 보니 이번엔 힘을 많이 억제했으니까.

그만큼 마법을 곡예에 가깝게 사용했지만 이걸로 충분한 듯했다.

안도하고 가슴을 쓸어내리니 카탈리나 씨가 빠르게 다가왔다.

"신 님을 비롯한 여러분의 마법을 가까이에서 보는 건 처음이었습니다만 굉장하네요. 다시금 감탄했습니다."

"그래요? 황야로 이동할 시간이 없어서 힘을 많이 조절했으니 반응이 어떨지 걱정했어요."

내가 그렇게 말하자 카탈리나 씨의 눈이 휘둥그레졌다.

"저…… 제 눈에는 상당한 고등기술처럼 보였습니다만…… 아닌가요?"

카탈리나 씨가 그렇게 말하며 수험자를 보니 다들 고개를 젓고 있었다.

"애초에 마법을 영창도 없이 그렇게 연발할 수 없어요!"

"거기다 그렇게 정밀하게……."

"인간 수준이 아니라고요!"

다들 그렇게 말해주지만 우리 사이에선 그리 어려운 기술이 아니다.

"뭐, 전력을 다할 수 없으니 힘을 조절했으니까 그만큼 정밀하게 의식을 집중한 거지."

내가 그렇게 말하자 수험자들은 뭐라 말할 수 없는 얼굴이 됐다.

어? 사람도 힘을 잔뜩 넣는 것보다 힘을 빼는 게 더 정밀하게 움직일 수 있잖아? 마법도 그것과 마찬가지인데?

내가 고개를 갸웃하고 있으니 카탈리나 씨가 손뼉을 쳐 주의를 환기시키며 말했다.

"그럼 이걸로 실기 시험을 마칩니다. 지금부터 1시간 휴식한 뒤 면접을 시작합니다. 간단한 음식을 준비했으니 괜찮으시다면 드시길 바랍니다."

어쩐지 억지로 대화를 마친 것 같은데, 다음 할 일이 있는 것도 사실이니 참견하지 않았다.

다음 면접까지 휴식이라고 말한 카탈리나 씨는 지금까지 보인 냉정한 비서의 얼굴이 아닌, 부드러운 미소로 수험자를 위로해 주었다.

그런 달라진 분위기에 남성 수험자 몇 명의 얼굴이 살며시 붉게 물들었다.

카탈리나 씨의 매력에 당했나 보네.

여성 수험자들은 카탈리나 씨를 보느라 움직이지 않는 남성 수험자와는 다르게 직접 다가가 말을 걸었다.

"저, 실례지만 당신도 얼티밋 매지션즈의 멤버이신가요?"

"저요? 얼티밋 매지션즈에 소속되어 있긴 하지만 저는 사무원입니다. 마법사가 아니에요."

"어? 그래요? 그럼 만약 시험에 떨어져도 사무원으로 채용되거나……."

"글쎄요, 그건 잘 모르겠습니다. 우리는 엄밀히 말하자면 나라에서 파견된 형태입니다. 만약 신규로 사무원을 뽑는다면 어떤 모집 조건이 될지……."

"모르시나요?"

"네, 죄송합니다."

"아, 아니요! 차, 참고로 어디 출신이신가요?"

"저는 스이드입니다."

"아, 저도요! 스이드에선 어떤 일을 하셨어요?"

"저는 문부성에서 일했습니다. 거기서 인정받아 사무원으로 발탁됐습니다."

"문부성 관료라면…… 굉장한 엘리트잖아요! 그렇구나, 그런 사람이 아니면 사무원이 될 수 없구나……."

"그건 모르겠습니다만, 우선 눈앞의 시험에 집중해 주세요. 합격하면 그런 걱정은 기우에 그칠 테니까요."

"그렇겠네요. 고맙습니다!"

그러고 보니 오그가 사무원도 신규로 모집한다고 말했지?

그건 아직 공표되지 않았고 조건도 정해지지 않았다.

사무원 쪽은 카탈리나 씨를 포함한 사무원들이 정하는 편이 좋으려나?

아직 할 일이 산더미처럼 많다.

실기 시험 평가가 적힌 서류를 보며 그런 생각을 하고 있으니 순식간에 휴식 시간이 끝나고 면접이 시작됐다.

면접관은 나, 오그, 카탈리나 씨와 앙리 씨다.

앙리 씨는 얼티밋 매지션즈의 영업 일로 다양한 사람과 만나니 사람을 보는 눈이 있다.

그런 이유로 면접에 참여하게 했다.

카탈리나 씨는 이제는 사무 업무 방면을 이끄는 느낌이라서 있는 것이 당연하게 됐다.

그렇게 면접이 시작됐지만 수험자들은 긴장되어 딱딱하게 얼은 느낌이었다.

하긴, 취직 면접 같은 거니까.

거기다 최종 시험.

면접의 결과로 채용 여부가 정해지니 긴장하지 않을 수 없겠지.

그러니 나는 되도록 압박 면접처럼 되지 않도록 배려했는데, 옆에 앉은 녀석이…….

"입단하고 싶다고 생각한 동기가 뭐지?"

"특기 마법은?"

"학원생 시절 어떤 활동을 했지?"

"지금 소속된 곳에서 어떤 일을 하지?"

오그는 왕족이니 어쩔 수 없는 건지도 모르겠지만 질문에 배려심이 전혀 없었다.

질문 내용 자체는 문제없지만 말투가…….

수험자들은 오그에게 질문받을 때부터 움찔거리거나 울상이 되기도 했다.

덕분에 면접을 마치고 방에서 나가는 수험자들은 다들 녹초가 되었다.

"하아…… 넌 말투 좀 신경 써. 수험자를 압박해서 어쩌려고?"

나는 마지막 수험자가 나간 뒤 오그에게 그렇게 말했다.

"음? 그럼 그렇게 말하지 그랬어. 전부 끝난 뒤에 그런 소리를 해도 소용없는데."

"도중에 말하면 먼저 면접을 본 사람과 나중에 볼 사람이 불공평해질 테니까 잠자코 있었던 거야."

내가 그렇게 말하자 오그는 뭔가 불만스러운 표정이 됐지만 앙리 씨가 위로하듯 입을 열었다.

"전하께선 왕족이신 데다가 왕태자이시니 존댓말을 쓰거나 정중하게 말해야 하는 대상은 다른 나라의 왕 정도일 테니까요. 어쩔 수 없어요."

"네. 오히려 처음에 상하관계를 알려주는 편이 나중에 편해집니다.”

앙리 씨의 말에 카탈리나 씨도 거들었다.

아니, 상하관계라니…….

하지만 신규 단원에겐 그런 건가.

확실히 얕보이는 것보다 우러러보게 하는 편이 편하겠지.

그러자 오그는 불만스러웠던 표정을 지우고 당당한 미소를 떠올렸다.

“훗, 역시 잘 아는군. 나는 왕족이기 이전에 얼티밋 매지션즈의 부장이다. 부하에게 얕보일 수는 없지. 오히려 무서워하는 편이 더 좋아.”

아니, 그거 분명 앙리 씨와 카탈리나 씨의 말을 듣고 방금 생각한 거지?

내가 의심의 눈초리로 보고 있으니 오그는 일부러 못 본 척하며 수험자 서류를 확인했다.

“그럼 이걸로 모든 시험이 끝났다. 신경 쓰인 사람은 있었어?”

오그는 그렇게 말하며 우리를 보았다.

방금 이야기는 이제 끝인 듯하다.

“글쎄요. 사전에 행실을 조사했으니 인간성에는 딱히 문제가 없었습니다.”

“문답 중에 수상한 태도를 보인 사람은 없었으니 괜찮을 듯합니다.”

카탈리나 씨와 앙리 씨가 수험자의 서류를 보며 그렇게 답했다.

"그렇군. 그렇다면 이제 어떤 기준으로 합격자를 정할지인데."

오그는 그렇게 말하며 나를 보았다.

"실기 시험에서 괜찮아 보였던 건…… 이 정도려나?"

나는 실기 시험을 보고 입단해도 괜찮을 것 같은 사람을 몇 명 선택했다.

"흠. 그럼 이 자들이면 될까?"

"아니, 이 중에서 면접했을 때 향상심이 높았던 사람으로 하면 좋을 것 같아."

나는 그렇게 말하며 앙리 씨를 보았다.

그러자 앙리 씨는 면접 중에 남긴 메모와 서류를 보며 진지하게 생각에 잠겼다.

그리고…….

"면접 중 향상심이 높았던 사람은 이 두 사람입니다."

그렇게 말하며 두 사람의 서류를 내밀었다.

나와 오그는 서류를 본 후 서로를 마주 본 뒤 고개를 끄덕였다.

"좋아. 그럼 올해의 얼티밋 매지션즈 신규 입단자는 이 두 사람이다."

그렇게 얼티밋 매지션즈 신규 입단 시험이 끝나고, 새로이

두 단원을 맞이하게 됐다.

◆

"바, 반 스타인입니다! 자, 잘 부탁합니다!"

"미네아 포드입니다! 잘 부탁합니다!"

얼티밋 매지션즈의 신규 입단 시험이 끝나고 두 신규 단원을 맞이하게 됐다.

한 사람은 지난번 크루트 마법학원을 졸업하고 크루트 마법청에서 근무하던 반 스타인 군.

나이는 우리보다 한 살 아래로 짧은 갈색 머리에 녹색 눈동자의 무척이나 착실해 보이는 청년이다.

크루트 마법청에 들어간 지 아직 몇 개월도 지나지 않았으니 업무 실적이라 할 수 있는 것은 없었지만, 학원생 시절 학생회장을 맡은 적이 있다고 한다.

성적도 입학 초기엔 중간 정도였지만 노력을 거듭해 최종적으로는 최우수로 졸업했다고.

상당히 착실한 노력가다.

다른 한 명은 작년에 카난 마법학원을 졸업하고 지금은 헌터로 활동하던 미네아 포드 양이라는 여성이었다.

작년에 졸업했으니 나이는 우리와 동일.

주황색 머리카락과 옅은 푸른 눈동자의 상당히 활발한

아이였다.

마법학원을 우수한 성적으로 졸업했는데 어째서 헌터가 됐는가 하면 카난은 마법사단보다 양치기가 더 인기와 실력이 좋고 발언권도 강하다.

그러나 양치기는 남자들의 세계.

여성이 들어가는 건 조금 어렵다고 한다.

그건 남녀 차별 아닌가 싶었지만 그런 것은 아닌 듯하다.

그보다 카난의 양치기는 몸이 좋은 남자들뿐.

여성도 환영한다지만 남자들 뿐에다가 갑갑한 양치기를 꺼리는 여성이 많다고 한다.

미네아 양도 우수한 사람이 될 수 있는 양치기가 매력적이었지만 숨 막히는 남자 집단에 들어가는 건 싫었다고.

그렇다고 마법사단은 양치기에 열등감이 있으니 향상심이 그다지 없다.

그렇다면 자신의 노력에 따라 실력을 올릴 수 있는 헌터가 더 좋겠다는 이유였다고 한다.

참고로 이것들은 행실 조사와 최종 면접에서 들은 이야기.

그런 이유로 우수하고 노력가에다 향상심이 있는 인재로 이 두 사람이 선택됐다.

다른 사람은 인격적으로 문제는 없어도 남에게 들은 일만 하는 수동적인 인간이거나, 향상심이 별로 없어 보이는 사람, 애초에 실력이 부족한 사람 등이라 채용하지 않았다.

천 명이 응모해서 두 명이 합격…….

내가 이런 말을 하는 것도 좀 그렇지만 문이 너무 좁다.

"나는 얼티밋 매지션즈 대표인 신 월포드야. 반 군, 미네아 양, 잘 부탁해."

"네! 잘 부탁합니다!"

"잘 부탁합니다! 신 님과 만나 감격입니다!"

반 군은 긴장했는지 딱딱하게 인사했고 미네아 양은 활기차게 인사했다.

"그럼 처음이니까 우선 모두에게 소개할까?"

그렇게 우선 얼티밋 매지션즈의 실행 부대를 소개했다.

두 사람도 거기에 소속되게 될 테니까.

모두와 인사하는 자리니 오늘은 시실리와 올리비아도 참석했다.

올리비아의 아이인 맥스는 우리 집에서 샤를과 함께 할아버지 할머니가 돌봐주고 계신다.

모두가 함께한 자리는 무난하게 훈훈한 분위기로 끝났는데, 오그가 인사할 차례에만 부장인 동시에 타국의 왕태자라는 지위 때문에 활발했던 미네아 양조차 바짝 긴장한 모습이었다.

반 군은…….

긴장한 수준을 넘어서서 창백해진 모습이라 불쌍할 지경이었다.

앞으로 나 이외에도 두 사람을 돌봐줄 일이 있을 테니 다들 사이좋게 지냈으면 좋겠다.

실행 부대와 인사가 끝났으니 이번엔 사무원들과 인사할 차례.

반 군은 크루트, 미네아 양은 카난 출신이지만 크루트 출신인 앙리 씨, 카난 출신의 이안 씨와는 처음 만난 사이라고 한다.

그렇게 서로 인사를 마치고.

내일부터는 드디어 마법 훈련을 시작하게 된다.

훈련 장소는 내가 알려줄 땐 그 황야.

스스로 연습하고 싶을 때는 마법사단의 연습장을 빌리기로 했다.

왜 우리가 알려줄 땐 황야에 가는가 하면 게이트 마법을 알려줘야 해서였다.

이것은 아무리 마력을 추적할 수 있게 됐다지만 간단히 알려줘도 될 마법이 아니니까.

쉽게 말해 기술 유출을 방지할 목적이다.

그렇게 말하니 반 군은 그렇게 편리하지만 다루기 어려운 마법을 배운다는 긴장감으로 또 창백해졌고, 미네아 양은 새로운 마법을 배울 수 있다는 이유로 들뜬 표정이 됐다.

"둘이 대조적이네. 반 군도 어깨 힘을 좀 빼면 좋을 텐데."

전혀 다른 두 사람을 본 내가 쓴웃음을 지으며 그렇게 말했다.

“아, 아니요! 얼티밋 매지션즈의 숨겨진 기술을 배우는 건데 마음을 가볍게 먹을 수는 없습니다!”

반 군은 차렷 자세로 그렇게 말했다.

“어? 반 군은 기쁘지 않아? 나는 얼티밋 매지션즈의 굉장한 기술을 배울 수 있다는 것만으로도 굉장히 기대돼!”

“무슨…… 왜 그렇게 태평한 겁니까?! 게이트 마법이라면 너무나도 편리해서 범죄에 쓰이기 쉬우니 얼티밋 매지션즈가 전수하는 걸 금지한 마법이라고요!”

오, 반 군은 게이트 마법에 관해 잘 이해하고 있네.

“하지만 알려준다니 상관없잖아.”

“그건 그렇지만…… 신 님, 어째서 게이트 마법을 알려주시기로 한 겁니까?”

“어, 그건 말이지, 게이트 마법을 써도 누가 썼는지 알 수 있게 됐거든.”

“““네?”””

아, 그러고 보니 마력문 측정기는 아직 알스하이드에서만 운용했었지.

지금은 전국에 판매할 수 있도록 대량 발주한 상태다.

따라서 각국에 선보이는 것도 시간문제이지만 그것을 알고 있는 것은 각국의 상층부뿐이다.

이번에 모집한 것은 학원을 막 졸업한 사람들.

그런 상층부 이야기를 알 리가 없겠지.

그렇게 지금 알스하이드의 경비국에서 고유 마력문을 감지하는 마력문 측정기를 사용한 조사가 이미 시작됐다는 사실을 설명하자 반 군은 당황한 얼굴로 굳어버렸고, 미네아 양은 눈을 반짝였다.

"굉장해요! 너무 굉장해서 어떻게 말로 표현해야 좋을지 모르겠어요!"

아, 응.

이번엔 반 군의 반응이 보통이겠지.

미네아 양의 반응은 마법을 좋아하는 린이나 마법학술원의 연구자들과 비슷한 느낌이었다.

이 아이도 마법을 좋아하는구나.

"하아…… 최고예요……. 설마 입단하자마자 이런 최고봉의 마법을 배울 수 있다니……."

그렇게 황홀한 표정으로 중얼거리는 미네아 양과 아직 멍하니 있는 반 군에게 우리끼리 연락할 때 꼭 필요한 무선 통신기를 건넸다.

"꺄아아아!"

"……."

미네아 양은 무선 통신기를 받고 그 설명을 듣자마자 소리치며 펄쩍 뛰었다.

반 군은…….

눈을 뒤집고 기절하고 말았다.

◆

얼티밋 매지션즈가 새내기를 맞이했다.

그 새내기인 반 군와 미네아 양은 지금 한창 기초 연습 중이다.

훈련 첫날에 제어 마력량을 봤는데 많이 부족했다.

메이가 초등학원이었을 때보다도 적을 정도.

그런데도 두 사람 모두 수석이었다고 한다.

마법학원의 수준이 낮은 건지 메이가 천재인 건지…….

뭐, 후자인 것 같긴 해.

어쨌든 제어 마력량이 적으면 아무것도 할 수 없으니 지금은 멤버가 교대로 곁에서 마력 제어 연습을 돕고 있었다.

마력 제어라면 우리 중 누구라도 알려줄 수 있으니까.

그럼 나는 훈련도 없고 출동도 없으니 저번에 반 군과 미네아 양을 안내하며 떠오른 것을 만들어 볼까.

"정말이지 계속해서…… 이번엔 뭘 만들 생각이지?"

일단은 대기 중이니 빈 공방엔 가지 못하고 사무실 책상 위에 재료를 놓는 내게 오그가 경계의 눈총을 보냈다.

"응? 아, 저번에 반 군과 미네아 양을 안내하면서 설명할 때 떠오른 건데."

"음."

"우리는 기밀 사항이 많잖아."

"뭐…… 주로 네가 만든 마도구 때문이지."

"……."

좋지 않은 침묵.

하지만 이야기를 계속하자.

"기밀 사항이 많은 사무실이라면 보안을 더 철저히 해야 할 것 같아서."

"보안을 철저히? 이 건물은 군과 경비국의 정예 대원이 지키고 있다. 딱히 문제는 없을 텐데?"

확실히 월포드 상회와 얼티밋 매지션즈가 있는 건물은 기사단의 기사, 경비국의 경비 대원이 경호하고 있다.

그 엄중한 경비를 이전 세계로 비유하자면 마치 대사관 경비 같았다.

얼티밋 매지션즈의 사무실에 보관된 기밀 정보, 얼티밋 매지션즈의 금고에 보관된 대량의 돈은 도적이 볼 땐 군침이 나올 만큼 매력적인 먹잇감이겠지.

그렇기에 이렇게까지 경비하고 있지만, 앞으로 연습장도 만들 예정이다.

다시 말해 경비 대상이 늘어나게 된다.

"앞으로 경비 대상이 늘어날지도 모르고, 그렇게 되면 경비하는 사람의 부담도 늘게 되잖아? 그러니 그 부담을 조금이라도 줄였으면 해서."

그렇게 말한 나는 시민증을 꺼냈다.

이것을 기동하면 내 개인 정보가 표시된다.

그것을 표시할 땐 내 고유 마력이 사용된다.

"여기에 반응하는 장치를 만들 수 있으면 등록한 시민증으로만 해제할 수 있는 시스템을 만들 수 있지 않을까 해서."

그렇게 설명하니 오그뿐만 아니라, 어느새 우리 곁으로 모인 사무원들도 진지한 표정으로 서 있었다.

"아, 깜짝이야. 다들 무슨 일이에요?"

내가 그렇게 묻자 카르타스 씨가 진지한 얼굴로 물었다.

"그것도 완성되면 앞으로 시판할 예정이 있습니까?"

"시판? 아, 그러게요. 이게 보급되면 일반 상회의 보안에도 도움이 되겠네요."

내가 그렇게 말하니 카르타스 씨가 두 손을 내밀어 내 손을 잡았다.

"그땐 제게 말씀해 주세요! 분명 많이 팔릴 테니까요!"

원래 엘스의 상인이었던 카르타스 씨는 그 보안 시스템에 사업 냄새를 맡았는지 판매할 땐 상담해 달라고 부탁했다.

역시 엘스 상인이구나 싶어 할 때, 생각지도 못한 곳에서 목소리가 나왔다.

"역시 신 님. 훌륭하십니다! 이런 굉장한 물건을 간단히 발명하시다니! 그리고 이게 있으면 그 불만도 해결될 수도……."

그렇게 말한 사람은 앙리 씨.

어째서? 아니, 그보다.

"불만?"

무슨 말이지?

그런 말을 들은 기억은 없지만, 앙리 씨뿐만 아니라 카탈리나 씨도 쓴웃음을 떠올렸다.

"실은 헌터들이 항의했습니다. 사냥 이외의 의뢰가 없다면서."

지금 마물 헌터 협회는 마물 사냥뿐만 아니라 얼티밋 매지션즈에 온 의뢰 중에 굳이 우리가 출동할 필요가 없는 안건을 맡아주고 있다.

그 결과 마물 사냥이 아닌 의뢰를 전문으로 맡는 사람도 나타나기 시작했다.

그러자 그런 사람들에게 의뢰를 빼앗겨 일이 없어진 사람들이 마물 사냥에 나가게 되는 일도 있다고.

……아니, 마물 사냥이 우선이잖아…… 마물 헌터니까.

원래는 그렇게 말하고 싶지만 헌터의 사망률은 상당히 높다.

안전한 의뢰가 있으면 그쪽을 고르고 싶어지는 것이 인간인 법.

그러나 지금 일이 없어진 사람들이 있다.

"헌터를 보안 시스템에 반응이 있는 곳에 파견해 범인을 확보하도록 의뢰하면 그런 불만도 다소 개선될 것 같아서요."

"아, 그렇군요."

그러니까 비상근 경비 회사라는 건가.

나는 전생을 떠올렸지만 흥분한 카르타스 씨의 외침에 의식이 현실로 돌아왔다.

"앙리 씨! 그거 좋군요! 최고예요! 만들죠! 경비 상회를 만들자고요!"

"네! 우리 힘내요!"

"……."

아니, 아직 아이디어를 설명했을 뿐 개발은 시작조차 안 했는데…….

하지만 뜨겁게 이야기를 나누는 카르타스 씨와 앙리 씨에게 그런 말을 할 수 없었다.

……어쩔 수 없지. 어떻게든 만들어볼까.

그렇게 열이 오른 두 사람을 방치하고 마도구에 부여할 말을 생각하고 있으니 남은 사무원들이 입을 열기 시작했다.

"하아…… 신 님이 마도구를 개발하는 순간을 직접 보게 됐어요."

"네. 정말 굉장한 일을 간단히 떠올리시고 아무렇지도 않게 개발하시는군요……."

"이러니 마도구사들이 신처럼 모시는 것도 이해가 돼요."

카탈리나 씨, 알마 씨, 이안 씨가 그렇게 말했다.

"신."

"왜?"

세 사람은 서로 속닥였을 뿐이었지만 오그는 직접 말을 걸었다.

"그 보안 시스템, 왕성에도 설치할 수 있을까?"

"왕성에? 어떤 식으로?"

"글쎄, 왕성의 출입 관리가 되겠지."

"출입 관리……."

그렇다면 보안 수준이 높은 빌딩에 설치된 시스템 같은 게 좋으려나?

"가능할 것 같아."

"그래?! 그럼 완성되면 왕성에 설치해다오. 매일 아침 왕성에 입장하는 긴 줄이 생겨 문제였거든."

"흠, 그럼 빨리 만들어야겠네."

"그래, 부탁한다."

이렇게 시민증의 고유 마법에 반응하는 보인 시스템 개발을 시작했다.

……어라? 내가 또 일을 떠맡은 건가?

실수했다고 생각하니 황당하다는 식으로 바라보는 마리아와 눈이 마주쳤다.

"……너 바보지?"

"……그러게 말이야."

뭐, 그런 식으로 새내기 훈련, 의뢰를 받고 출동, 때때로 생각난 마도구를 제작, 국가 프로젝트에 참가하며 하루하루를 보냈다.

걱정하던 담 측의 눈에 띄는 움직임도 없어서 평온한 나날이 흘러갔다.

◆

이야기는 얼티밋 매지션즈의 신규 단원이 정해진 직후까지 거슬러 올라.

신 일행이 알스하이드에서 바쁘면서도 평온한 일상을 보내고 있을 때.

어느 나라의 술집에 주정 부리는 남자가 있었다.

"젠장…… 왜 내가 이런 대우를…… 난 우수한 인간이라고……."

잔뜩 취해 그렇게 투덜대는 사람은 전에 얼티밋 매지션즈 입단 시험에 떨어지고 주변 사람들에게 화풀이했던 남자다.

그의 주변 인물 대부분도 떨어졌고 이번 합격자는 단 두 명.

이번 얼티밋 매지션즈의 신규 단원 모집에 알스하이드, 스이드, 담, 카난, 크루트, 이스, 엘스의 7개국에서 총 천 명 정도가 응모했다고 들었다.

그 응모자 중 합격한 사람은 두 명.

환산하면 합격률 0.2퍼센트다.

그 결과를 들은 수험자들은 떨어진 게 당연하다고 생각하는 사람이 대부분이었지만, 개중엔 이 남자처럼 합격은 따놓은 거나 마찬가지라고 믿었기에 떨어진 현실을 받아들이지 못하는 사람도 있었다.

거기다 남자는 1차 시험에서 떨어졌지만 동료 중엔 최종 선발까지 남은 사람도 있었다.

그 사람은 최종 선발에서 떨어지긴 했지만 1차 시험을 돌파한 것만으로도 직장 내에서 칭찬받게 됐다.

그중엔 차세대 에이스 후보라고 말하는 사람까지 있을 정도.

용서할 수 없었다.

지금까지는 자신이 차세대 에이스였을 것이다.

그런데 지금까지 눈에 들어오지도 않았던 동료에게 그 자리를 빼앗겼다.

너무나도 분한 나머지 그 사람에게 화풀이했지만, 공격이 막힌 데다가 그 현장을 상관이 보고 말았다.

거기다 그 원인이 자신이 떨어진 얼티밋 매지션즈의 1차 시험을 동료가 통과한 것을 질투해서라는 것이 판명됐기에 남자에겐 상당히 무거운 처분이 내려졌다.

소속했던 조직의 징계 면직.

다행히 다치지 않은 피해자 본인이 피해 확인서를 제출하지 않았기에 폭행과 살인 미수 등의 형사 사건으로 넘어가지는 않았다.

그러나 장래가 유망했던 남자가 순식간에 무직이 됐다.

그 사실을 받아들이기 어려워 이렇게 술집에서 고주망태가 될 정도로 취한 것이다.

주위에서도 그가 어떤 사정으로 그렇게 됐는지 대략 알고 있기에 위로해주는 사람은 아무도 없었다.

그때, 한 남자가 다가왔다.

“안녕하세요.”

“……뭐야? 누구야?”

그는 술에 취해 흐릿해진 눈으로 말을 건 남자를 보았다.

“옆자리, 괜찮을까요?”

“흥, 마음대로 해.”

그는 그렇게 말한 뒤 술을 잔에 따르려고 병을 기울였다.

하지만 이미 거의 더 마신 상태여서 조금밖에 나오지 않았다.

“젠장! 뭐야, 운도 없지…….”

그는 그렇게 말하고 조금만 담긴 술잔을 단번에 비웠다.

그것을 지켜본 남자는 술을 전부 마신 남자에게 귓속말했다.

그 말을 들은 순간, 남자가 움직임을 멈추고 노려보듯 합석한 남자를 보았다.

“왜 내 이름을 알고 있지?”

방금 귓속말로 한 말은 그의 이름이었다.

처음 만난 남자가 자신의 이름을 알고 있다.

그 불길함과 불쾌함에 표정이 일그러졌지만, 말을 건 남자는 미소 지은 채 표정이 변하지 않았다.

"물론 조사했으니까요."

남자는 그렇게 말한 뒤 주머니에서 수첩을 꺼내 읽기 시작했다.

"작년 크루트 고등 마법학원을 수석 졸업. 크루트의 마법 담당 부서에 배치되어 장래가 유망했지만 얼티밋 매지션즈의 신규 단원 입단 시험의 1차 시험에서 탈락. 그 후 직장에서 문제를 일으켜 징계 면직 처분을 받음……."

남자는 주위엔 들리지 않을 만큼 작은 목소리로 그렇게 말했다.

그는 얼굴을 찡그렸다.

"너…… 뭐 하는 놈이야?"

"후후, 그런데 혹시 복수에 관심 있으신가요?"

"뭐?"

자신의 질문에 대답하기는커녕 갑자기 위험한 제안을 한 남자를 경계하듯 보았다.

"아니요, 당신이 이렇게 된 건 그 시험에 떨어졌기 때문이잖아요?"

"……."

"거기다 당신보다 실력이 떨어지는 자가 최종 시험까지 남았죠."

"……."

"그러고 보니 그거 아십니까?"

"……응? 뭐를?"

그는 계속 대답하지 않았지만 결국엔 질문에 반응했다.

그리고 거기서 충격을 받았다.

"합격자 중 한 명이…… 올해 크루트 고등 마법학원의 수석 졸업자로 마법청에 막 취업한 사람이라더군요."

"……!"

그는 그 말을 들은 순간 의자를 쓰러뜨리며 벌떡 일어섰다.

"뭐…… 그게 사실이야?!"

그의 관심은 학원생 때는 수석을 겨루던 동급생에게, 마법청에 들어간 후로는 앞질러야 하는 동기와 끌어내려야 하는 선배들에게 있었다.

연하의, 그것도 막 입사한 사람에겐 관심이 없었다.

자신이 떨어졌는데, 자신보다 어린, 이제 막 입사한 애송이가 합격?

그는 분노에 몸을 떨었다.

"이상하지 않나요?"

"뭐?!"

별것 아닌 질문이었지만 흥분한 그는 남자를 힘껏 노려보았다.

"당신보다 뒤떨어지는 인간이 합격하고 당신이 떨어졌어

요. 이건 아무리 생각해도 이상하잖아요?"

"……그래. 보나마나 연줄을 이용하거나 뒷돈을 챙겨줬겠지."

그렇게 말한 그는 콧방귀를 뀌며 자리에 앉았다.

"저도 그렇게 생각합니다. 그래서, 어떤가요? 알아보지 않을래요?"

그 말에 남자는 고개를 갸웃했다.

"알아본다고? 어떻게?"

그러자 남자가 히죽 웃었다.

"그건 이쪽에서 준비하죠. 어떠신가요? 부정을 밝히고 얼티밋 매지션즈에…… 알스하이드에 복수하고 싶지 않으신가요?"

그렇게 말한 남자의 얼굴을 한동안 바라본 뒤, 그는 말없이 고개를 끄덕였다.

그리고 남자의 안내로 마차에 타 상당히 오래 이동한 뒤에야 내리게 됐다.

"뭐냐고. 이렇게 멀리까지 데려오다니."

설마 이렇게 오래 이동할 줄은 몰랐던 그는 뻣뻣해진 몸을 풀며 투덜거렸다.

"어쩔 수 없습니다. 여긴 크루트가 아니니까요."

"뭐?"

이동한다는 말을 들었지만 설마 외국이었을 줄이야.

예상하지 못한 사태에 멍해진 사이, 남자는 서둘러 눈앞의 집으로 들어갔다.

"왜 그러시죠? 따라오세요."

"……쳇."

상대의 말대로 행동할 수밖에 없는 불쾌함에 혀를 차면서도 남자의 뒤를 따라 집으로 들어갔다.

그러자 거기에 몇 명인가 자신과 비슷한 또래 남자들이 보였다.

다들 꾀죄죄하고 눈과 얼굴에 생기가 없었다.

'여긴 뭐지? 그리고……'

"당신이 마지막입니다. 그럼 여러분께 저희의 부탁을 말씀드리겠습니다. 이 이야기는 당연히 극비 사항입니다. 만약 다른 사람에게 이 사실을 털어놓는다면……"

남자는 그렇게 말하며 주위에 시선을 보냈다.

그 순간 방안으로 건장한 남자들이 계속해서 들어왔다.

자신들보다 강해 보이는 사람들에게 포위된 남자들은 하나 같이 얼굴이 창백해졌다.

그렇게 오합지졸로 모인 그들을 본 남자는 비열하게 웃었다.

"어떻게 될지 아시겠죠?"

남자들은 자신이 협박당한 사실을 이해했지만 지금 생활보다는 나을 거라고 믿고 마음을 굳혔다.

그리고 알스하이드에 복수할 구체적인 계획을 듣기 시작했다.

제2장

3년 후, 새로운 일상과 새로운 사건

매년 신규 입단 시험을 보게 된 지 3년이 지났다.

몇 명의 새로운 단원이 입단했고, 반 군과 미네아 양은 하부 조직을 졸업해 본 단원이 되어 매일 업무를 보게 됐다.

인원이 부족했었으니 기쁜 일이다.

인원이 부족한 원인 중 하나는 우선 토르와 율리우스가 슬슬 작위를 잇게 될 것 같아서 상근에서 비상근이 됐기 때문.

오그도 아직 왕위를 계승하진 않았지만 왕태자로서 일이 많으니 마찬가지로 비상근이 됐다.

앨리스는 로이스 씨와 결혼하고 올해 아이가 태어날 예정이라 휴가 중.

또한 앨리스는 차기 자작 부인이라 귀족끼리의 사교 등 할 일이 많으니 마찬가지로 휴가가 끝나도 비상근이 될 예정.

그리고 유리와 마리아도 결혼했다.

유리는 전부터 사귀던 모건 씨와, 마리아는 모두의 예상대로 카르타스 씨와 결혼했다.

다만 마리아와 카르타스 씨는 많은 우여곡절이 있었기에 결혼한 것은 얼마 전이다.

지금은 아직 현역 단원으로 활동 중이다.

그러나 유리는 2년 전에 결혼해 마찬가지로 올해 아이를 낳았기에 현재 휴가 중.

시실리와 올리비아가 또 임신해 이제는 만삭이 되어 마찬가지로 휴가 중이다.

그렇게 남자 셋이 본가 사정으로 비상근이, 여자 넷은 결혼, 임신, 출산으로 휴가, 혹은 휴직 중이다.

솔직히 용케도 지금까지 활동이 유지됐구나 싶다.

시실리, 올리비아, 유리는 휴가가 끝나면 복귀할 테지만 지금은 없다.

반 군과 미네아 양이 게이트 마법을 쓸 수 있게 됐을 땐 모두가 크게 기뻐했다.

그런 상황이지만 의외로 업무 자체는 문제가 없었다.

그 이유로는 매년 얼티밋 매지션즈가 입단 시험을 보게 되어 각국의 고등 마법학원의 수준이 오른 것.

그래서 시험에 떨어졌다 해도 우수한 마법사가 늘어나 얼티밋 매지션즈에게 오는 의뢰가 줄었다.

그러나 사무실 대기가 없어진 정도로, 새내기 교육도 있고 여전히 풀가동해야 하는 사실은 변함이 없다.

그렇게 매일 바빴지만 어떻게든 제대로 쉬었다.

오늘도 휴일이라 집에 있는 내게 오그가 찾아왔다.

뭐, 놀러온 건 아니지만.

"……이거 상당히 수상하네."

나는 오그가 건넨 자료를 읽으며 그렇게 말했다.

"그래. 3년간 국내가 더 어수선해졌어. 솔직히 국가를 유지할 수 있을지 의심스러운 수준이다."

오그는 내 말에 씁쓸한 표정으로 그렇게 말했다.

우리가 이야기하는 곳은 바로 담.

오그가 가져온 자료는 담의 내정 조사 결과였다.

그 내용이 내 손에 있는데…….

솔직히 정말 나라로서 괜찮을까 하는 걱정이 앞섰다.

자료에는 선출 의원들의 부정이 적혀 있는데…….

뇌물 수여, 업자와의 유착과 횡령, 범죄 무마 등등.

그야말로 비리 정치가의 표본이라 할 수 있었다.

시민들의 선출로 시민의 불평등을 없애자는 취지였을 텐데 지금은 일부 권력자들만이 이익을 쓸어 담고 있는 상황.

시민들이 내야하는 세금도 많아서 불만이 쌓일 대로 쌓여 폭동이 일어나기 일보 직전인 듯하다.

그런 상황에서 국가 원수인 담 수상 히이로 씨가 뭘 하고 있는가 하면…….

아무래도 이래저래 손을 쓰고는 있지만 의원들이 말을 안 들어 실질적으로는 아무것도 하지 않은 것이나 마찬가지인 상황이라고.

너무나도 심각한 국내 상황에 스트레스가 쌓였는지 빈번

히 건강이 나빠져 정무를 쉬는 일도 많다고 한다.

그러니 사람들은 수상이 지금 상황을 모른 척하고 손 놓고 있다고 여겨 지지율은 계속해서 떨어지고 있다.

이제는 제로에 가까울 지경이라고 한다.

이거 심각한데…….

나는 담이 귀족제를 폐지하고 완벽한 민주화에 나선다고 들었을 때부터 불안했었다.

처음부터 시민들이 왕정에 불만이 있어서 민주화를 열망하고 있다면 그것도 나쁘지 않았을 것이다.

그러나 전에 담을 봤을 때 시민 중 담 왕가에 불만이 있는 사람은 거의 없었다.

그런데도 담의 새로운 국왕의 폭거를 계기로 군주제를 폐지하고 민주화가 되기까지의 시간은 너무나도 짧았다.

군주제를 규탄하는 타이밍으로는 좋았을지도 모르지만 민주화는 지나치게 서둘렀다는 느낌이었다.

그때까지 나랏일을 했던 귀족들을 일제히 배제하고 정치와는 전혀 상관없었던 시민이 정치에 참여했다.

당연히 문제가 생길 수밖에 없다.

그래도 어떻게든 나라의 체제를 유지할 수 있었던 것은 정치인 밑에서 일하는 관료들이 있었기 때문이다.

자료를 보면 관료들에게 강제로 일을 떠넘겼고, 이에 반발하는 관료에겐 협박까지 했다고.

……부패했어.

“담의 의원을 조사했는데…… 범죄 조직과 연결되어 있거나 처음부터 그런 조직의 사람이었던 경우가 많더군. 그런 사람에게 정치를 맡기다니, 제정신이 아니야.”

“아니, 근데 정말로…… 이 히이로 카툰 수상은 뭘 하고 싶었던 거지?”

“마인 소동 때는 따르는 사람이 많았다더군. 마법과 검을 모두 쓸 수 있는 담 최강의 기사로 폭주한 마인에게 살해당한 장관의 자리를 이어받았다고 해.”

“전쟁 영웅이라…… 전장에선 뛰어나 보였겠지만…….”

“정무와는 별개니까. 그래도 국민에겐 인기가 있었으니 수상이 됐다. 다만 그 방법이…….”

“너무 엉성해. 그야 당연히 이런 사태가 벌어질 만도 하지.”

나는 언제 폭동이 일어날지 알 수 없는 담의 상황을 보며 깊은 한숨을 내쉬었다.

오그가 어째서 담을 조사했는가 하면, 계기는 엘리 습격 사건이었다.

엘리 습격의 흑막이 담이라고 판단해 조사를 시작했었다.

결국 흑막까지는 알아낼 수 없었지만 그 조사 과정에서 담 국내의 상황을 알게 됐다.

너무나도 심각한 상황에 언젠가 국제 사회의 문제가 될지도 모른다고 판단해 엘리 습격 사관과는 별개로 담을 조사하기 시작했다.

그 결과가 지금 내가 들고 있는 자료다.

그나저나 담이 아직 정상이었을 때 가본 적이 있는데 창신교의 역사적 건축물이 늘어선 광경이 아름다운 나라였다.

고작 몇 년 만에 이렇게 문제가 될 줄은 전혀 몰랐어.

자료를 들고 오그와 침통한 표정으로 마주 보고 있으니 뒤에서 누군가가 달려오는 기척이 느껴졌다.

그리고 그 기척은 그대로 나를 습격했다.

"크억?!"

소파에 앉은 내 등은 의자 등받이에 가려져 있다.

그 등받이를 뛰어넘어 뒤통수를 습격한 것이다.

생각지 못한 충격에 나도 모르게 목소리가 나오고 말았다.

그러나 그 습격을 피할 수는 없었다.

그 이유는…….

"아빠!"

습격한 인물이 사랑하는 딸인 샤를이었으니까.

세 살이 된 샤를은 소파 등받이 정도는 간단히 뛰어넘을 정도로 활발해졌다.

내가 피했다면 샤를은 테이블에 그대로 부딪혔으리라.

따라서 하는 수 없이 얌전히 습격당한 것이다!

"오, 안녕, 샤를."

"오그 아저씨, 안녕하세요!"

내 맞은편에 앉았으니 뒤에 달려오는 샤를의 모습도, 뛰어드는 모습도 전부 지켜본 오그는 키득키득 웃으며 샤를에게 인사했다.

그러자 활기차게 인사한 샤를은 주위를 두리번거리고는 고개를 갸웃했다.

"아저씨, 비아는요?"

샤를과 비아는 아기 때부터 계속 함께였기에 사이가 상당히 좋다.

오그가 왔으니 딸인 비아도 왔겠거니 싶었나 보다.

그래서 비아를 찾은 건가.

"미안하다. 오늘은 샤를의 아빠와 할 말이 있어서 온 거라 비아는 데려오지 않았단다."

"그렇구나……."

오그의 대답에 풀이 죽은 샤를.

그 모습이 안타까웠기에 달래듯 안아주니 뒤에서 또 발소리가 들렸다.

"샤를! 아빠와 아저씨를 방해하면 안 돼!"

그렇게 말하며 달려온 사람은 여섯 살이 된 실버.

실버는 찰랑찰랑한 은발과 단정한 얼굴, 여섯 살치고는 늘씬한 체형의 미소년으로 성장했다.

올해부터 입학한 왕립 초등학원에선 많은 여자아이에게 인기가 있다고 한다.

시실리에게 그 말을 들었을 땐 정말이지 자랑스러웠지.

"안녕, 실버. 건강해 보이는구나."

"아, 오그 아저씨, 안녕하세요."

오그의 인사를 받은 실버는 예의 바르게 고개를 숙여 인사했다.

예의 바른 그 모습도 멋지구나, 실버!

"자, 샤를, 저쪽으로 가자."

"어? 아빠하고 아저씨하고 얘기 안 하고 있었는데?!"

"아버지. 정말이야?"

실버는 초등학원에 입학한 뒤로 『아빠』가 아니라 『아버지』라고 부르게 됐다.

뭐, 남자니까 슬슬 아빠라고 부르는 게 부끄러운 시기인 건 이해하지만…… 쓸쓸하네…….

"마침 이야기가 끝나가던 참이었어. 자, 실버도 이리 와."

"아, 응."

"엄마! 엄마도 이리 와!"

내 품에서 뛰어내린 샤를은 실버를 따라온 시실리에게 말을 걸었다.

"알았어. 지금 갈게."

시실리는 떠드는 샤를에게 쓴웃음을 떠올리며 커다란 배

를 안고서 걸어왔다.

그런 시실리를 부축하기 위해 자리에서 일어나 곁으로 다가갔다.

"시실리, 괜찮아?"

"응, 괜찮아. 고마워."

그렇게 말하며 부드럽게 미소 지은 시실리는 해가 갈수록 점점 더 아름다워졌다.

나는 그런 시실리의 모습을 계속해서 넋을 놓고 보았다.

"아빠하고 엄마는 사이가 좋아!"

"그러게."

시실리의 손을 잡아주고 있으니 샤를과 실버가 이쪽을 보며 그렇게 말했다.

"그럼. 아빠하고 엄마는 사이가 좋아."

"나도 사이좋게 있을래!"

샤를은 그렇게 외치며 소파를 팡팡 두드렸다.

"엄마, 여기! 여기 앉아!"

"알았어."

시실리는 그렇게 말한 뒤 샤를이 가리킨 곳에 앉았다.

"오빠는 여기!"

"여기?"

"응! 그리고 나는 여기!"

샤를은 그렇게 말한 뒤 시실리와 실버 사이에 앉았다.

……어라?

"아빠는?"

"아빠는 아까 사이좋게 있었으니까 됐어."

"……."

……이럴 수가.

나는 사랑하는 딸의 가혹한 처사에 어깨를 떨구고 말았다.

"큭큭."

"후후후."

그런 나를 보고서, 오그뿐만 아니라 시실리까지 웃음을 터뜨렸다.

"시실리……."

"후후, 샤를은 아까 아빠하고 사이좋게 있었으니까 이번엔 엄마, 오빠하고 사이좋게 있고 싶었던 거지?"

"응!"

샤를은 그렇게 말한 뒤 시실리를 안았다.

"아, 샤를. 어머니는 배에 아이가 있으니까 너무 세게 안으면 안 돼."

실버가 그렇게 말하며 시실리와 샤를을 떼어놓으려 했지만 샤를은 필사적으로 저항했다.

"싫어! 동생하고도 사이좋게 있고 싶어!"

"후후. 고마워, 실버. 괜찮으니까 샤를이 원하는 대로 하게 두렴."

"그렇다면야 상관없지만."

시실리가 고맙다고 하자 부끄러웠는지 실버는 뺨을 붉게 물들이면서도 조금 무뚝뚝하게 샤를에게서 손을 뗐다.

실버도 남자니까 엄마가 고맙다고 하면 부끄러워지겠지.

"아, 움직였다!"

남자로 순조롭게 성장 중인 실버를 훈훈하게 바라보고 있으니 시실리의 배를 쓰다듬던 샤를이 큰 소리로 외쳤다.

"언니가 착하다고 쓰다듬어 주니까 기쁜가 보다."

시실리는 그렇게 말하며 샤를의 머리를 쓰다듬었다.

"언니……."

샤를은 그렇게 말하며 기쁜 듯이 히히히 웃었다.

"그런 점은 실버하고 똑같네."

"나하고?"

"응. 실버도 샤를이 아직 뱃속에 있을 때 나도 오빠가 된다고 말하면서 기뻐했었거든."

"그랬었지."

"기억 안 나는데……."

오그와 둘이서 당시의 실버를 떠올리고 있으니 실버가 당황한 얼굴로 그렇게 말했다.

"실버가 아직 어릴 때였으니 당연하지."

그렇게 말하고 실버의 머리를 쓰다듬으니 시실리도 실버의 머리를 쓰다듬었다.

"실버는 기억나지 않는다 해도 오빠로서 샤를을 지켜줬어. 엄마는 그런 실버가 정말 자랑스럽단다. 샤를도 오빠 좋아하지?"

"정말 좋아!"

"앗!"

샤를이 갑자기 힘껏 안기자 실버는 내 쪽으로 쓰러졌다.

"어이쿠."

"아, 아버지, 고마워."

"천만에."

나는 그렇게 말한 뒤 실버와 샤를을 함께 안고서 시실리 옆에 앉았다.

"아빠, 굉장해!"

"아, 아버지, 부끄러워……."

"후후후."

천진난만하게 기뻐하는 샤를과 초등학원생이 되어 아빠에게 안긴 걸 부끄러워하는 실버.

그런 우리를 훈훈하게 지켜보는 시실리.

아, 행복해.

그때 시실리와 마찬가지로 훈훈하게 바라보던 오그가 뭔가를 발견한 듯했다.

"응? 신, 실버가 목에 건 이 펜던트는 뭐지?"

"어? 아, 방어 마도구야. 전에 엘리에게 준 것과 똑같은 거."

"아, 그거 말이군. 그러고 보니 엘리가 또 임신했으니 지금도 그걸 지니게 했지."

그러고 보니 엘리가 둘째를 회임했다.

지금은 아직 반년 정도라서 서서히 배가 불러오기 시작한 참이다.

"그러게. 마석의 마력은 아직 괜찮아?"

"일단 조사해봤지. 문제는 없었지만 만약을 위해 마석을 교환해뒀다."

쿠완롱과의 교역이 시작된 이후 마석이 대량으로 수입됐다.

그 결과 마석의 가격이 대폭 낮아졌고, 일반 공방에서도 다룰 수 있게 됐다.

"거기에 개량을 좀 했어. 스스로 마력을 보내면 상시 전개할 수 있도록 만들었지."

내가 그렇게 말하자 오그가 미간을 찌푸렸다.

"왜 그런 걸 단 거지?"

"그야 마력 제어 훈련을 위해서지."

내가 그렇게 말하자 오그가 소파에서 벌떡 일어났다.

"너!"

그렇게 말하며 화내려던 오그는 샤를과 실버가 깜짝 놀란 것을 보고서 말을 중단한 뒤 내 어깨를 당겨 소파 끄트머리로 오게 했다.

그때 샤를과 실버는 소파에 내려놓았다.

"그게 얼마나 위험한 일인지 알고는 있나?"

"아이는 마력을 폭주하기 쉽다는 것 말이지? 괜찮아. 아직 마력 제어는 알려주지 않았어."

"하지만 방금 마력 제어를 위한 훈련이라고……."

"그 전제 조건인 마력의 감각에 익숙해지게 하려고. 마도구는 마법에 소질이 없어도 쓸 수 있어. 다시 말해 약간의 마력에도 반응하지. 지금부터 그 마력에 익숙해지도록 하고 있어."

"……폭주를 방지하기 위해서인가."

"그래. 실버를 계속 의심하는 건 이해는 하지만 좋은 기분은 아니니까."

이쪽 세계의 상식과는 다르지만 초등학원에 들어가고 몇 년 후에는 실버에게 마법사의 소질이 있을지 알아본 뒤 소질이 있으면 마력 제어를 알려줄까 한다.

실버는 마인 사이에서 태어난 아이다.

아직은 마인화의 징조는 없지만 마력이 각성했을 때 어떻게 될지는 아직 미지수다.

만에 하나 나와 마찬가지로 남을 흉내내서 마력을 각성한다면?

아무것도 모르는 탓에 제어하지 못하고 폭주하게 된다면?

자신을 다치게 하는 것뿐만 아니라 무슨 일이 벌어질지 알 수 없다.

그런 불확정 요소를 조금이라도 없애고 싶었다.

"그리고 초등학원은 안전할 것 같지만 등하교 때 무슨 일이 생길지 알 수 없잖아. 만약을 대비해서 나쁠 건 없어."

"그건 그렇지만……."

실버는 우리 장남이다.

지금의 내 명함은 얼티밋 매지션즈 대표, 월포드 상회 회장, 알스하이드 통신공사 상담역, 자동차 메이커 월비의 회장이다.

자동차 개발에 성공했기에 새로운 회사를 설립했는데, 빈 공방에 일임한다는 계획은 공방 사장님이 반대했기에 나와 빈 공방의 공동 사업이 됐다.

그래서 사명은 서로의 이름을 합쳐 『월비』로 지었다.

아, 그리고 매지컬 배구 협회장도 맡고 있다.

솔직히 지금 내가 알스하이드의 중요 인물이라는 것은 자각하고 있다.

실버는 그런 인물의 장남이다.

늘 유괴의 위험에 노출되어 있다.

실제로 몇 번인가 습격받은 적이 있다.

그때는 훈련이라는 명목으로 실버의 호위를 맡은 얼티밋 매지션즈의 하부 조직 사람들이 해결해 주었지만, 매번 잘 풀리리라는 보장은 없다.

그렇기에 대비해야 했다.

"실버에겐 내가 알려줄 때까지 마법을 쓰면 안 된다고 잘 말해뒀어. 실버는 똑똑한 아이야. 아이가 멋대로 마법을 쓰려다 폭주 사고를 일으키는 경우가 있다는 건 알고 있어. 걱정 안 해도 돼."

"그래…… 하지만 만약의 사태가 벌어질 때의 각오는 되어 있어?"

만약의 사태가 벌어질 때의 각오.

그것은 만약 실버의 마력이 폭주해 마인화됐을 때 내 손으로 그걸 막을 수 있겠냐는 것.

그건 다시 말해…….

"……그래. 하지만 그렇게 두진 않아."

나는 결의를 담은 눈으로 오그를 보았다.

오그는 한동안 가만히 내 눈을 들여다본 후 웃었다.

"그 정도로 각오했다면 됐다. 잘 부탁해."

오그는 내 어깨를 가볍게 두드리고는 원래 자리로 돌아갔다.

그런 우리를 본 샤를은 멍하니 고개를 갸웃했다.

"아빠하고 아저씨도 사이좋아?"

"""……."""

잠깐만.

샤를이 말한 사이좋다는 건 친구로서 사이가 좋다는 뜻이지?

엘리의 농담처럼 이상한 사이를 상상한 건 아니지?

“아빠하고 아저씨는 옛날부터 사이가 좋았어, 샤를.”

“아빠하고 엄마처럼?”

““아니야!””

위험해라!

샤를이 저 나이에 이상한 오해를 하고 있어?!

서둘러 잘못을 바로잡아야 해!

그렇게 나와 오그가 필사적으로 샤를을 설득했고, 결국엔 샤를과 비아가 사이좋은 것과 마찬가지일 뿐이라는 것을 이해해 주었다.

후우…… 자칫 싹틀 뻔했던 그릇된 싹을 자를 수 있었다.

그렇게 안도하는 우리를 보며 시실리는 계속 웃고 있었다.

아, 이렇게 평화로운 나날이 계속 이어졌으면 좋겠다.

◆

쓱쓱, 달칵달칵.

그런 기계음 소리가 사무실 안에 울렸다.

쓱쓱 소리는 펜으로 서류 초안을 작성하는 소리.

달칵달칵 소리는 빈 공방에서 판매하는 타자기로 서류를 작성하는 소리다.

나라에서 개발비를 제공한 타자기는 놀라운 속도로 개발되었고 발매와 동시에 전 세계의 왕성과 상회로부터 대량의 발주를 받았다.

벌써 이것 없이는 사무를 볼 수 없다는 말까지 나오고 있으며, 타자기에 규격을 맞춘 종이와 타자기용 잉크 리본 등의 소모품은 생산라인이 풀가동 중인 상태다.

소모품 등의 금속 가공 이외의 제품은 톰 아저씨가 운영하는 허그 상회에 부탁했고 그 매상으로 상당한 판매 수익이 나오고 있다고 톰 아저씨가 고마워했다.

그렇게 지금은 전 세계 사무실의 일상이 된 소리를 들으며 출동 전 사무실에서 이야기를 나눴다.

"토니 쪽도 이제 슬슬 나올 때인가?"

내가 그렇게 물으니 토니가 살짝 부끄러운 표정을 했다.

"응. 예정으론 다음 달이야. 토르와 율리우스 쪽도 얼마 안 남았다고 하니 아이들도 동급생이 될 가능성이 클 것 같아."

그렇다. 토니와 리리안 양도 결혼해 곧 아이가 태어난다.

리리안 양은 경법학원을 졸업 후 재무국 관료 시험에 합격해 재무관이 됐다.

졸업하고 비교적 일찍 결혼했지만 바로 아이를 가지지 않았고 작년이 되어서야 갖게 됐다.

지금 알스하이드는 여성의 사회 진출을 장려하고 있어서 얼티밋 매지션즈에서 채용한 출산 휴가, 육아 휴가 제도를 도입하기 시작했다.

아직 사례가 적어서 리리안 양은 시범적으로 출산 휴가

중이라고.

따라서 리리안 양은 출산 휴가가 끝나면 직장으로 복귀할 예정이다.

그렇게 되면 국가 규모로 보육원과 유치원 정비가 필요하게 될 테니 그에 관련된 이야기를 해주기도 했다.

오그와 잡담을 나누던 중 전생에선 맞벌이가 많았고 보육원과 유치원이 있었다는 것을 알려주니 알스하이드에서도 꼭 도입하고 싶다며 관련 사업의 고문으로 임명되고 말았다.

알스하이드나 각국의 명문 가정에 일반적으로 설치된 고정 통신기의 운용 고문도 맡고 있는데, 시간이 흘러도 도무지 한가해질 기미가 보이지 않았다.

일단은 얼티밋 매지션즈의 대표가 본업인데 그쪽 현장에 나가는 일도 적어졌다. 대체 뭐가 본업인 걸까?

"신과 마크도 곧이지? 요즘 시실리 양과 올리비아 양은 좀 어때?"

"아, 올리비아는 오늘 몸이 좋지 않다면서 집에서 자고 있습다."

올리비아는 첫째인 맥스를 임신 중일 때 빈 공방의 소리와 본가 레스토랑의 냄새가 신경 쓰인다며 다른 방으로 피난했었다.

이번엔 다행히도 둘째이니 그 점에 관해선 신경 쓰이지 않게 됐다며 마크의 집에 머물고 있지만 아무래도 임산부이니 몸이 좋지 않은 날도 있을 것이다.

"그러고 보니 월포드 군, 오늘 맥스를 맡아줘서 고맙습다."

마크가 미안한 표정으로 그렇게 말했다.

오늘 아침 출근 전에 마크가 집으로 찾아와 마크를 맡겼다.

본가에 살고 있으니 부모님도 계시지만 오늘은 상공회 모임이 있어서 집에 안 계시기 때문이었다.

마크처럼 다른 곳에 맡길 수 있는 집이 있으면 다행이지만 그렇지 못한 집도 많을 것이다.

그런 가정을 위해서라도 일시적으로 맡아주는 보육원 정비를 서둘러야겠다.

……왜 내가 사회 인프라까지 생각하고 있는 거지?

그런 의문을 품으면서도 미안한 표정의 마크에게 신경 쓰지 말라고 말했다.

"아니, 괜찮아. 샤를도 같이 놀 상대가 있어서 좋아했고, 오늘은 실버가 학원에서 돌아오면 같이 왕성으로 놀러 간다고 말했으니까."

"옥타비아 왕녀의 놀이 상대로? 굉장하네. 장래엔 왕녀님의 학우가 되려나?"

샤를, 비아, 맥스는 나이가 같고 생일도 비슷하다.

아기 때부터 계속 함께 놀았으니 어엿한 소꿉친구다.

샤를과 맥스는 평민이지만 샤를은 실버의 동생이니 실버와 마찬가지로 호위 대상.

맥스도 지금은 알스하이드 제일의…… 아니, 세계 제일이라 해도 될 정도로 거대한 공방의 후계자.

아마도 호위 대상일 것이다.

그런 두 사람이니 나중에 오그와 메이, 그리고 지금 실버도 다니는 왕립 알스하이드 초등학원에 입학할 예정이다.

학원명에 국가명이 들어간 것답게 학원 중 국내 최고봉의 명문이다.

그곳에 다니는 학생은 왕족과 귀족, 유복한 평민 아이들이라 보안이 상당히 철저하다.

출입이 가능한 건 학원의 허가를 받은 사람뿐으로 그 관리엔 내가 개발한 시민증 인증 시스템이 채용됐다.

지금까지 개인 정보를 열람하거나 은행 계좌에 접속할 때만 사용되던 시민증의 개인 인증 기능이 다른 장치에서도 인증할 수 있게 되어 보안 시스템에도 쓰이게 됐다.

사전에 인증받은 시민증을 제시하는 것으로 전생의 지하철에 설치된 것과 비슷한 모양의 개찰구가 열리고 학교에 들어갈 수 있는 시스템이다.

이 시스템은 왕성에도 채용됐고 매일 아침 혼잡했던 성문 출입 상황이 많이 완화됐다고 오그가 말했다.

참고로 우리는 왕족의 요청이 있을 때는 왕성 안에 직접 게이트를 열고 드나들 수 있다.

왕족의 요청이라면 긴급 상황이니, 그럴 때도 일일이 성문을 통해 들어가면 늦어버린다는 이유지만…….

그건 어디까지나 표면상의 이유로, 지금까지 왕족의 요청이 있었던 것은 엘리가 놀러 오라고 할 때 정도였다.

오늘도 엘리의 요청으로 놀러 갈 예정이다.

“오그와 엘리도 샤를과 맥스를 갓난아기 때부터 알고 있으니까. 우리가 이상한 교육을 하지 않는다는 것도 알고 있으니 안심할 수 있겠지.”

알스하이드에선 몇 대에 걸쳐 왕가가 귀족의 의식이 변하도록 노력했고 귀족 대부분은 시민 우선의 정책을 펼치고 본인들의 입장을 잘 분별한다.

그러나 전에 엘리를 노렸던 영애가 있었듯, 그릇된 교육을 하는 귀족도 존재한다.

모든 것이 이상적이기는 어려운 법.

안심할 수 있는 놀이 상대도 쉽게 찾기 어렵겠지.

“토르와 율리우스 같은 상대는 없었던 걸까?”

그러고 보니 토르와 율리우스는 5살 피로연 전부터 호위 겸 측근으로 함께 있었다고 했었다.

비아에겐 그런 상대가 없는 걸까?

“왕녀하고 왕자는 다른가?”

“잘 모르겠습다.”

“우리 평민은 알 수 없는 세계니까.”

내 질문에 마크와 토니가 고개를 저었다. 그러고 보니 현재 얼티밋 매지션즈에 상주하는 남자 멤버는 전원 평민이다.

평민끼리 대화해도 알 수 없는 것은 알 수 없는 법.

"뭐, 그건 다음에 오그한테 물어보기로 하고 이제 슬슬 의뢰를 하러 갈까?"

"알겠습다."

"그러고 보니 오늘은 신도 나가는 거야?"

"응. 오늘은 도심에서 먼 곳에서 의뢰가 있었거든. 부유 마법을 써서 갈 수 있는 게 나 정도뿐이라 오랜만에 출동이야."

"그렇군요. 그럼 저 먼저 가겠습다."

"나도 갈게."

"그래, 그럼 나도 가볼까."

이렇게 나는 오랜만에 현장에 출동하게 됐다.

◆

신이 오랜만에 의뢰를 받아 출동한 날 오후, 월포드 가의 문 앞에 마차 한 대가 나타났다.

그 마차는 단단하게 만들어졌지만 꾸미기 위한 장식은 찾아볼 수 없었고 가문의 문양이 새겨지지도 않았다.

그 마차가 현관 앞에 도착하자 문이 열리고 안에서 한 소년이 내렸다.

"어서 오십시오, 실베스터 도련님."

월포드 가의 집사장인 스티브가 공손히 고개를 숙여 맞이한 사람은 신 월포드의 장남, 실베스터 월포드였다.

월포드 가는 이제 알스하이드의 유력 자산가가 됐다.

그런 월포드 가가 화려하게 꾸민 마차를 사용하면 불필요한 반감을 살지도 모르고, 무엇보다 월포드 가의 마차라는 걸 쉽게 알 수 있으면 여러모로 곤란한 일도 있다.

따라서 얼핏 수수해 보이는 마차를 사용한다.

다만 수수해 보이는 건 겉모습뿐, 마차 자체는 신이 만들어서 탑승감이 쾌적하고 방어력도 상당한 구조였다.

참고로 신이 회장을 맡은 자동차 회사의 자동차가 있지만 그건 도시와 도시가 연결된 도로에서만 이용했다.

거리에서 사용하기엔 도로 인프라가 정비되지 않았기에 위험했기 때문이다.

따라서 실베스터를 등하교시킬 때는 마차가 사용됐다.

"다녀왔어, 스티브. 어머니는?"

"네, 사모님과 샬럿 님과 맥스 님도 이미 준비를 마치고 도련님께서 돌아오시길 기다리고 계십니다."

"알았어. 그럼 빨리 옷부터 갈아입을게."

"알겠습니다."

실베스터는 고개를 숙인 스티브의 옆을 지나 집으로 들어갔다.

바로 그때.

"오빠~!"

집으로 돌아온 실베스터를 본 샬럿이 실베스터를 향해 돌진했다.

"으앗!"

실베스터는 전속력으로 달려와 그대로 뛰어든 샬럿을 몇 발 뒤로 밀리긴 했지만 어떻게든 받아주는 데 성공했다.

"어서 와! 오빠!"

자칫 샬럿과 함께 넘어질 뻔했던 실베스터는 샬럿을 야단칠까 했지만 환한 미소로 안긴 동생을 보니 야단치려던 생각이 싹 사라졌다.

"다녀왔어, 샤를. 착하게 잘 있었어?"

"응! 샤를은 착한 아이야!"

동생은 아무런 주저도 없이 그렇게 말하지만 방금 행동을 과연 착한 아이라 할 수 있을까?

그렇게 생각했지만 생글생글 웃는 샬럿을 앞에 두면 그런 지적을 할 수 없었다.

"그렇구나."

실베스터는 그 말만 하고서 샬럿의 머리를 쓰다듬었다.

"헤헤헤."

샬럿은 기분 좋은 듯이 웃으며 실베스터의 손길을 얌전히 받아주었다.

그렇게 샬럿을 쓰다듬고 있으니 거실에서 작은 그림자가 나타났다.

"샤를, 기다려."

그렇게 말하며 뒤뚱뒤뚱 달려온 사람은 마크와 올리비아의 아들, 맥스였다.

"아, 실버 형, 어서 와."

맥스는 실베스터를 보고서 똑바로 다가와 샬럿과 똑같이 안겼다.

"다녀왔어. 잘 왔어, 맥스."

샬럿과 다르게 힘을 조절해 안긴 맥스에게 귀가와 환영 인사를 하면서 그 머리를 쓰다듬었다.

"응! 히히."

맥스는 머리를 쓰다듬자 간지러웠는지 웃으며 몸을 꼬았지만 떨어지지는 않았다.

두 어린이에게 안겨 움직일 수 없는 실베스터가 어떡해야 하나 고민하고 있으니 미소와 함께 어머니인 시실리가 거실에서 나왔다.

"어머나. 인기 좋구나, 실버."

"어머니, 다녀왔어."

"어서 오렴. 자, 샤를, 맥스 군. 계속 안고 있으면 오빠가 옷을 갈아입을 수 없잖니. 같이 비아를 만나러 갈 거지?"

시실리가 그렇게 말하자 샬럿과 맥스는 깜빡했다는 듯이

다급히 실베스터에게서 떨어졌다.

“오빠, 빨리 옷 갈아입어!”

“맞아. 우린 형을 기다리고 있었다고.”

“아…….”

놓아주지 않았던 건 두 사람이었는데 왜 잔소리를 들어야 하는지, 실베스터는 유아 특유의 불합리함에 고민에 빠졌다.

샬럿과 맥스가 실베스터를 따르는 이유는 이렇게 동생들에게 투덜대지 않기 때문인데, 반대로 자꾸 그런 태도를 보이게 되는 요인이기도 했다.

“자, 실버. 이 둘은 엄마가 보고 있을 테니까 빨리 옷 갈아입고 오렴.”

“응, 알겠어.”

실베스터는 그렇게 말한 뒤 자신의 방으로 가 서둘러 교복에서 사복으로 갈아입고 거실로 돌아왔다.

“기다렸지?”

실베스터가 그렇게 말하며 나타나자 시실리는 무선 통신기를 꺼냈다.

“아, 엘리 양인가요? 실버가 돌아왔으니 지금 그쪽으로 갈게요.”

그 후 잠시 이야기를 이어간 시실리는 무선 통신기를 끊고 세 사람을 보았다.

“그럼 갈까?”

시실리는 그렇게 말한 뒤 게이트 마법을 전개했다.

실베스터는 어머니의 그 모습을 동경하는 눈으로 보았다.

이 게이트 마법은 평범한 마법사는 쓸 수 없는 마법이라고 들었다.

쓸 수 있는 것은 극히 소수의 마법사뿐.

그런 초고도 마법을 어머니는 아무렇지도 않게 사용한다.

그것도 굉장하지만 그 초고도 마법을 개발해 어머니에게 알려준 것은 아버지라고 한다.

부모를 무척 존경하는 실베스터는 그 사실이 너무나도 자랑스러웠다.

그 자랑스러움의 상징인 게이트 마법이 눈앞에 펼쳐졌다.

게이트 마법을 볼 때마다 실베스터는 넋을 놓고 보게 된다.

그런 실베스터의 옆에서, 아마 아무것도 모를 터인 샬럿과 맥스가 한발 먼저 게이트로 들어갔다.

두 사람을 지켜본 시실리가 실베스터를 보니 반짝이는 눈으로 게이트를 바라보고 있었다.

그 동경에 찬 표정에 미소가 떠오른 시실리는 실베스터에게 손을 내밀었다.

"자, 실버. 이제 갈까?"

"아, 응."

게이트를 보느라 멍하니 있었다는 사실을 깨달은 실베스터는 조금 부끄러워져 얼굴을 살짝 붉히며 시실리의 손을 잡고 게이트로 들어갔다.

게이트에서 나오니 샬럿과 맥스, 그리고 왕녀인 옥타비아가 재회를 기뻐하던 참이었다.

"잘 오셨어요, 샤를, 맥스."

"비아, 안녕!"

"안녕."

왕녀답게 온화하게 인사하는 옥타비아와 그런 옥타비아에게 안겨 인사하는 샬럿.

맥스는 여자에게 안기는 건 부끄러운지 조금 떨어진 곳에서 인사했다.

또래 소꿉친구를 맞이한 옥타비아는 그 후 주위를 두리번거리다 실베스터를 발견하고는 환한 미소를 떠올리며 달려갔다.

안겨있던 샬럿은 떨어지고 말았다.

"실버 오라버니! 잘 오셨어요!"

"응. 실례할게, 비아. 건강해 보이네."

"네! 비아는 건강해요!"

아까의 세 살짜리 어린이답지 않게 침착하던 모습은 어디로 갔는지 뺨을 붉게 물들이며 실베스터에게 밝게 인사한 옥타비아.

그 모습만 봐도 옥타비아가 실베스터를 어떻게 생각하는

지 알 수 있었다.

"어서 오세요, 시실리 아주머니. 실버, 샤를, 맥스도 잘 왔어요. 비아와 같이 놀아요."

그런 옥타비아의 모습에 미소 지으며 지켜보던 왕태자비 엘리자베트가 방문객들을 인사로 맞이했다.

임신 중기에 들어선 엘리자베트는 품이 낙낙하면서도 고급스러운 드레스를 입고 있었다.

그 모습은 그야말로 왕비에 어울리는 자태였다.

"엘리 아주머니, 안녕하세요. 실례합니다."

"아주머니! 안녕하세요!"

"에리 아주머니, 안녕하세요."

그러나 아이들에겐 친구의 어머니.

다시 말해 아주머니다.

아주머니라고 3연속 불린 엘리자베트의 뺨이 움찔거렸지만, 아이들에게 반박하지 못하고 충격만 받은 채 답했다.

"그, 그래요. 안녕하세요. 오늘도 모두 건강해 보이네요."

""응!""

"네."

엘리자베트의 말에 활기차게 답한 샬럿과 맥스, 그리고 침착하게 대답한 실베스터.

그런 실베스터를 반짝이는 눈으로 바라보던 옥타비아는 정신을 차리고 다급히 시실리에게 다가갔다.

"안녕하신가요, 시실리 아주머님."

옥타비아는 드레스 자락을 살짝 들며 한쪽 발을 뒤로 빼고 무릎을 살짝 굽힌 뒤 시실리에게 인사했다.

어리지만 숙녀답게 행동하려는 귀여운 모습에 시실리는 자신도 모르게 미소가 나왔다.

지금은 신과 결혼해 평민 신분이 됐지만 원래는 귀족 영애.

제대로 인사하려고 시실리도 격식을 갖춰 무릎을 굽히며 말했다.

"안녕하신가요, 옥타비아 왕녀님. 건강하셔서 다행이에요."

미소 지으며 그렇게 인사하자 어째서인지 옥타비아가 토라진 듯 뺨을 부풀렸다.

"안 돼요, 시실리 아주머님! 비아는 앞으로 실버 오라버니와 결혼할 테니 비아는 비아라고 불러주세요!"

아무래도 옥타비아 왕녀님이라 부른 사실이 마음에 들지 않은 듯하다.

장래의 시어머니에게 그렇게 불리고 싶지 않다고 주장하는 옥타비아에게 시실리는 미소가 멈추지 않았다.

"미안해, 비아. 정말 우리 실버하고 결혼해 줄 거니?"

"네!"

그런 대화를 나누는 어머니와 옥타비아를 본 실베스터는 자신도 모르게 한숨을 쉬었다.

"어머니, 마음대로 정하면 어떡해."

"어머? 실버는 비아가 싫어?"

시실리가 실베스터에게 그렇게 물으니 옆에서 듣던 옥타비아의 눈에 점점 눈물이 고이기 시작했다.

"딱히 싫은 건 아니지만……."

실베스터가 그렇게 말하자 옥타비아의 눈물은 순식간에 쏙 들어갔고, 환한 미소를 떠올리며 실베스터에게 안겼다.

"뭐 어떠니. 왕녀님을 신부로 맞이하는 건 흔치 않은 일이란다."

흔치 않은 정도가 아니라 보통은 없다.

그러나 시실리는 엘리자베트와 아우구스트를 포함한 왕족과 친하기에 그런 감각이 일반적이지 않다.

옥타비아는 실베스터의 어머니인 시실리가 인정하자 너무나도 기뻤는지 실베스터를 꼭 안고서 떨어지지 않았다.

그 모습은 남녀가 포옹한다기보다 어린아이가 오빠에게 매달린 것 같았다.

실베스터는 여섯 살이라 결혼하자고 말해도 곤란하다.

거기다 상대는 아직 세 살 어린아이.

그렇다고 이렇게까지 좋아해주는 옥타비아를 뿌리치는 것도 미안했다.

아까 월포드 저택에서 있었던 일과 같은 상황에 곤란해하고 있으니 샬럿과 맥스까지 참전했다.

"아! 비아, 치사해! 샤를도!"

"나, 나도."

"어?! 잠깐, 둘 다 잠깐만!"

옥타비아에게 안긴 실베스터는 피할 방법이 없었다.

실베스터는 힘차게 안긴 샬럿과 맥스를 받아줬지만 역시나 세 사람을 지탱하기엔 버거웠는지 이번엔 넘어지고 말았다.

""""앗!""""

뒤로 넘어진 실베스터와 그 위에 올라타듯 안긴 세 사람.

실베스터가 쓰러져도 떨어질 생각이 없어 보였다.

그런 모습을 본 실베스터는 포기한 얼굴로 세 사람이 원하는 대로 그냥 두었다.

"얘, 비아! 경망스럽잖아요!"

"어머나."

옥타비아의 왕녀답지 않은 행동을 나무라는 엘리자베트와 훈훈한 광경에 미소 지은 시실리.

이것은 아이들이 모였을 때 늘 있는 광경이었다.

평소처럼 아이들은 아이들끼리 놀고, 시실리와 엘리자베트는 어른스럽게 대화를 즐겼다.

아이들은 마련된 과자를 먹으며 놀았지만 샬럿이 갑자기 이런 말을 꺼냈다.

"질렸어."

"응."

"질렸네요."

샬럿의 말에 맥스와 옥타비아까지 동조했다.

"저기……."

이 안에서 유일한 연장자인 실베스터는 어머니가 있는 쪽을 힐끔 보았다.

시실리와 엘리자베트는 어렸을 때부터 아는 사이고 고등마법학원 이후엔 친구라 해도 좋은 사이라고 들었다.

두 사람은 중등학원 시절의 친구가 누구와 결혼했는지, 어느 가게의 디저트가 맛있는지, 요즘 유행하는 패션과 육아하며 겪는 고생 등을 무척이나 즐겁게 이야기하고 있어서 중간에 끼어들기 꺼려졌다.

어떡할까 고민하고 있으니 어느샌가 아이들끼리 합의했는지 옥타비아가 나서서 어머니인 엘리자베트에게 다가갔다.

"어머님."

"어머, 왜 그러나요, 비아."

"애들하고 성을 탐험해도 될까요?"

성 탐험.

옥타비아가 한 말에 실베스터도 흥미가 생겼다.

월포드 저택도 큰 편에 속한다.

그러나 어렸을 때부터 계속 살고 있기에 대부분 탐험을 마쳤다.

탐험하지 못한 곳은 아버지의 작업실과 부모님의 침실뿐.

아버지의 작업실은 위험하다는 이유로, 부모님의 침실은…… 이유는 모르겠지만 들어가선 안 된다고 들었다.

실베스터는 부모님의 침실은 그렇다 치고 아버지의 작업실은 언젠가 들어가 보고 싶었다.

그건 그렇고 지금은 성 탐험이다.

일반적으로는 커다란 집인 월포드 저택보다 몇 배는 크고 복잡한 구조.

시민은커녕 이곳에서 일하는 직원이 아니라면 귀족이라 해도 쉽게 들어올 수 없는 곳을 탐험한다.

생각만 해도 두근거림이 멈추지 않았다.

"성을 탐험한다고?"

엘리자베트는 그렇게 되물으며 실베스터를 힐끔 보았다.

평소엔 어린 동생들을 달래는 경우가 많은 실베스터의 눈이 반짝이고 있었다.

흥미진진한 듯이.

엘리자베트가 시실리를 보니 무척이나 기쁜 표정이었다.

실베스터는 신과 시실리가 더 어리광 부려도 된다고 말해도 동생들의 모범이 되려는 것인지 잘 그러지 않았다.

부모로서 그 사실이 조금은 쓸쓸했었는데 이번엔 어쩐 일인지 실베스터가 관심을 보이고 있다.

어떻게든 이루어주고 싶어서 부탁하듯 엘리자베트를 보니 엘리자베트는 쓴웃음을 떠올리며 끄덕였다.

"알겠어요. 어른들 이야기는 재미없을 테니 다녀와요."

엘리자베트가 그렇게 말하니 아이들이 기뻐했다.

"단."

흥분한 아이들을 진정시키려는 듯 엘리자베트가 말하니 아이들이 조용해졌다.

"호위할 사람과 안내할 사람을 데려갈 것, 반드시 어른들 말을 들을 것, 위험한 곳에는 가지 않을 것. 약속할 수 있나요?"

엘리자베트가 그렇게 말하자 아이들은 고개를 끄덕였고 실베스터는 알겠다고 큰 목소리로 답했다.

"그럼 미안한데 아이들을 부탁해도 될까요?"

엘리자베트는 호위 기사와 방에 있던 메이드에게 동행을 부탁했고 기사와 메이드도 승낙했다.

이렇게 아이들의 왕성 탐험대가 발족했다.

◆

왕성 탐험대는 지금까지 있던 방에서 나와 어디로 갈지 이야기하기 시작했다.

"어디로 갈까?"

"음, 주방?"

맥스의 질문에 어째서인지 주방이라 답한 샬럿.

그 대답에 맥스는 고개를 갸웃했다.

"주방?"

주방의 의미를 모르는 듯했다.

"요리하는 큰 방이야."

실베스터가 그렇게 말하자 맥스는 알았다는 표정을 한 뒤 다시 고개를 갸웃했다.

"거기는 왜?"

"과자 줄지도 몰라."

샬럿에게 주방은 요리와 과자를 만드는 곳으로 샬럿이 월포드 가의 주방에 가면 높은 확률로 요리사 코렐이 비밀이라며 과자를 주었다.

성은 월포드 저택보다 크니 주방도 더 클 것이 분명했다.

아까 먹은 과자도 맛있었는데 지금 가면 또 받을 수 있을지도 모른다.

그런 타산이 포함된 제안이었다.

하지만…….

"샤를. 설마 집에서도 주방에 가는 건 아니겠지?"

"……?!"

실베스터의 말에 샬럿은 깜짝 놀라며 입을 막았다.

월포드 가는 물론 다른 집에서도 마찬가지일 것이다. 주방은 불과 칼을 다루는 곳이라 위험하니 아이에겐 들어가선 안 된다고 알려준다.

실베스터는 당연히 어른들의 말대로 주방에 다가가지 않

았다.

그러나 아까 샬럿의 말투로 볼 때 주방에 가면 과자를 준다는 것을 아는 듯했다.

"저기…… 에헤헤."

어떻게든 얼버무리려 했지만 좋은 변명이 떠오르지 않았던 샬럿은 애매하게 웃었다.

그 얼굴은 실베스터는 한숨을 쉬고서 무서운 말을 입에 담았다.

"아버지한테 말할 거야."

"……!"

아버지인 신은 아이들에게 너그럽다.

샬럿뿐만 아니라 실베스터에게도 너그럽다.

그러나 평소엔 아이들에게 너그럽고 자상한 아버지도 위험한 행동을 했을 땐 정말로 화낸다.

때리지는 않지만 대신 마력으로 위압한다.

그게 정말로 무섭다.

참고로 어머니인 시실리는 정론으로 다그친다.

그것도 상당히 무섭다.

실베스터는 아버지와 어머니에게 혼난 일이 별로 없지만 샬럿은 자주 혼난다.

그런 무서운 기억이 떠올랐는지 샬럿의 눈에 눈물이 고이기 시작했다.

"싫어! 오빠, 말하면 안 돼!"

"……이제 안 갈 거라고 약속할 거야?"

"할 거야! 할게!"

오빠에게 아버지에게는 말하지 말라고 애원했다.

울상이 된 동생을 본 실베스터는 살짝 한숨을 쉬고서 두 손으로 샬럿의 뺨을 감쌌다.

"알겠어. 하지만 다음에 또 그러면 말할 거야."

실베스터가 그렇게 말하자 샬럿은 환한 미소를 떠올리며 안겼다.

"오빠, 고마워!"

혼나는 상황을 피하게 되어 샬럿의 기분이 최고조에 달했다.

그러나 동생은 얼마 지나지 않아 그 공포도 잊고 또 주방에 갈 것이라는 걸 아는 실베스터는 코렐에게도 말해둬야겠다고 명심했다.

완전히 용서받은 건 아니라는 사실을 모르는 샬럿과 함께 다시 어디로 갈지 이야기하며 복도를 걸었다.

"그럼 어디로 갈까?"

다시 샬럿이 어디로 갈지 물었다.

하지만 옥타비아도 자신과 부모님과 메이의 방 이외엔 잘 알지 못한다.

그 결과, 의견이 모인 곳은…….

“할아버님.”

디세움의 집무실이었다.

“응? 오, 비아 왔구나! 너희가 여긴 어쩐 일이냐?”

갑작스러운 손자의 습격에 즐거워하는 국왕.

위엄이라고는 찾아볼 수 없었다.

그러나 집무실에 있는 다른 사람들도 디세움이 첫 손자인 옥타비아를 끔찍이 아낀다는 사실을 잘 알기에 아무런 말도 하지 않았다.

그렇기에 보통은 면회를 예약하고 며칠이나 기다려야만 입실할 수 있는 국왕의 집무실에 어린아이들이 불쑥 놀러와도 잠자코 지켜볼 뿐이다.

“저는 성을 탐험하고 싶어요.”

어쩐 일로 찾아왔냐는 디세움 할아버지의 질문에 옥타비아는 가슴을 펴고 그렇게 답했다.

“오, 그렇구나. 탐험대로구나.”

디세움은 웃으며 옥타비아를 안았다.

“샤를도!”

“나도!”

당당히 선언하는 옥타비아를 따라하 듯 샬럿과 맥스도 자신이 탐험대 멤버라고 주장했다.

실베스터는……,

“디스 할아버지, 일을 방해해서 죄송합니다.”

디세움이 일하는 중이라는 걸 아는 실베스터는 고개를 숙여 사과했다.

"하하하! 괜찮다, 괜찮아. 귀여운 손녀와 그 친구들을 거절할 리 없지."

디세움은 웃으며 실베스터의 머리를 쓰다듬었다.

"그래, 너희는 성을 탐험하다 할아버지한테 온 거구나? 다른 곳은? 아우구스트한테는 가봤니?"

아우구스트는 자신은 물론 타인에게도 엄격하다.

국왕인 자신에게도 엄격한 잣대를 들이댄다.

그런 아우구스트의 집무실에 아이들이 놀러 갔다가 혼나지는 않을까?

그렇게 걱정한 디세움이 옥타비아에게 물었는데…….

"할아버님."

"왜 그러냐?"

"아버님은 많이 바쁘세요."

"……응?"

"그래서 할아버님에게 온 거예요."

"……어?"

옥타비아의 말에 디세움의 움직임이 멈췄다.

그 말은 아우구스트는 바빠서 방해하면 안 되지만 자신은 바쁘지 않으니 방해해도 된다는 말이 아닌가?

"저, 저기, 비아야. 이 할아버지도 일하는 중이란다. 많이 바쁘지."
"어? 하지만 아버님은 할아버님이 틈만 나면 신 아저씨 댁에 놀러 가신다고 하셨는데요?"
"아우구스트!"
손녀에게 무슨 말을 한 거냐는 생각에 자신도 모르게 이곳에 없는 아우구스트의 이름을 외치고 말았다.
그러나.
"아, 디스 할아버지. 증조할머니가 집에 신발을 두고 가셨으니 가지러 오라고 하셨어요."
"……."
실베스터의 한마디에 다시 굳어버린 디세움.
"저기, 디스 할아버지! 오늘도 우리 집에 올 거예요? 또 아빠 얘기 들려주세요!"
"……."
샬럿의 한마디가 추격타를 가했다.
그런 디세움을 본 옥타비아가 뾰로통해졌다.
"할아버님, 너무하세요! 저도 실버 오빠네 집에 가고 싶어요!"
"어, 아니, 비아는 아직 어리니까 성에 있어야지……."
"너~무~하~세~요~!"
디세움 혼자 실베스터의 집에 갔다는 사실을 불공평하다고 느꼈는지 옥타비아는 크게 토라졌다.
"어어! 자, 잠깐 기다려라, 비아! 할아버지뿐만 아니라 너희 아버지도 자주 놀러 간단다!"

옥타비아가 화내자 당황하던 디세움은 자신의 아들이자 옥타비아의 아버지인 아우구스트를 제물로 바쳤다.

"아버님도?! 너무해요! 항의하러 갈래요!"

그렇게 말하고 몸을 틀어 디세움의 품에서 내려온 뒤 곧장 샬럿의 손을 잡았다.

"샤를, 가자!"

"응!"

"아! 기다려 주십시오!"

힘차게 방에서 나간 옥타비아와 샤를을 호위 기사와 메이드가 서둘러 쫓았다.

디세움의 집무실에 남겨짐 실베스터는 마찬가지로 남겨진 맥스와 마주 보고는 쓴웃음을 떠올렸다.

"우리도 갈까?"

실베스터는 그렇게 말하고는 맥스에게 손을 내밀었다.

"응!"

맥스는 기뻐하며 그 손을 잡았다.

"디스 할아버지, 실례했어요. 또 집에 놀러 오세요."

"바이바이."

"하, 하하…… 또 보자꾸나."

실베스터는 디세움에게 인사했고 맥스는 웃는 얼굴로 손을 흔들며 나갔다.

디세움은 그런 두 사람을 메마른 미소를 떠올리며 바라보았다.

"……착실하게 일이나 해야겠군."

디세움은 그렇게 말한 뒤 책상으로 돌아가 다시 집무를 시작했다.

"둘 다 어디로 갔을까……?"

"그러게."

실베스터는 디세움의 집무실에서 나온 후 맥스와 둘이서 손잡고 성의 복도를 걸었다.

샬럿의 손을 잡고 집무실에서 나온 옥타비아와 그 뒤를 따라간 기사, 메이드의 모습이 보이지 않았다.

지나가는 사람에게 그들이 이동한 방향을 물어 따라가 봤지만 네 사람의 모습을 찾을 수 없었다.

"샤를하고 비아, 걸음 빠르다."

맥스는 늘 든든한 형인 실베스터와 함께여서인지 조금도 불안하지 않은 표정으로 그렇게 말했다.

"그러게. 그나저나 여긴 어딜까……."

실베스터는 샬럿 일행을 금방 따라잡으리라 생각했었다.

그런데 생각보다 샬럿과 옥타비아의 이동이 빨랐는지 도무지 보이지 않았다.

예상이 어긋난 실베스터는 자신이 왕성의 어디에 있는지

알 수 없게 됐다.

즉, 미아가 됐다.

그 사실을 깨달았을 때 무척이나 불안해졌다. 그러나 자신이 불안해하면 맥스까지 무서워할 것이다.

그래서 불안한 표정 한 번 보이지 않고 맥스에게 미소 지어 주었다.

그러나 지금은 확실히 미아가 됐다.

원래는 길을 잃었다는 걸 알게 된 시점에서 그 자리에 멈추고 어른이 지나가기를 기다려야 한다.

그러나 저 모퉁이를 지나면 샬럿과 옥타비아를 따라간 기사와 메이드가 있지는 않을까.

저 복도 너머에…… 그런 마음으로 계속 찾아다녔기에 자신들이 있는 곳을 더욱 알 수 없게 됐다.

거기에다 아무래도 깊은 곳까지 들어왔는지 꽤 오랫동안 사람과 마주치지 않았다.

어쩌면 지금 꽤 곤란한 상황일지도 모른다.

실베스터는 그런 불안감에 자신도 모르게 맥스의 손을 꼭 쥐었다.

"형, 손 아파."

"아, 미, 미안, 맥스."

"아니야, 괜찮아. 성 탐험하는 거, 재밌다!"

맥스는 실베스터가 길을 잃었다는 걸 깨닫지 못했다.

본 적 없는 왕성을 여기저기 돌아다니는 건 왕성 탐험대가 할 일이라고 생각했다.

'맥스가 불안하게 하면 안 돼.'

그렇게 생각한 실베스터는 억지로 미소를 떠올렸다.

"그러게, 성이 정말 크다."

"정말 커."

맥스의 천진난만한 웃음에 불안한 마음이 조금은 누그러진 실베스터는 계속해서 걸었다.

이곳은 사람이 지나다니지 않는다. 그렇다면 어른에게 길을 물어볼 수 없다.

그렇다면 이동해서 사람이 있는 곳까지 가면 된다.

그렇게 생각하고 걸음을 멈추지 않았다.

그렇게 걷다 보니 갑자기 확 트인 곳에 도착했다.

그곳은 왕성 안에 있는 정원으로 아름답게 손질됐지만 인기척은 없었다.

그러나 손질된 것으로 보아 이곳에도 사람이 온다는 뜻일 것이다.

그렇게 생각하고 살짝 안도할 수 있었던 실베스터가 움찔 반응했다.

"형?"

"……목소리가 들려."

사람이 있다.

이제야 원래 있던 곳으로 돌아갈 수 있다.

그렇게 생각한 실베스터는 목소리가 들린 쪽으로 걸어갔다.

그리고 드디어 사람이 보여 말을 걸려던 참이었다.

"……!"

실베스터는 다급히 근처 기둥 뒤에 몸을 숨겼다.

"형……."

"쉿!"

자신을 부르려던 맥스의 입을 다급히 막았다.

맥스는 입술에 검지를 가져가 조용히 하라는 실베스터의 얼굴이 무척이나 진지했기에 깜짝 놀라며 알겠다는 듯이 끄덕끄덕 고개를 위아래로 흔들었다.

그 모습에 안도한 실베스터는 누군가를 주의하기 시작했다.

상대는 한 명이 아닌 두 사람.

그리고 대화 중이었다.

그 대화가 들렸기에 실베스터가 다급히 몸을 숨긴 것이다.

대화 내용은…….

"그래서? 엘리자베트는 언제 습격할 거지?"

"지금 엘리자베트는 성녀와 꼬맹이들을 데리고 있어. 애들이 많은 오늘을 노려야겠지."

"인질로 삼으려고?"

"그래. 뭐, 양쪽 다 살려 보내진 않을 거지만."

왕태자비 엘리자베트 습격 계획이었다.

거기다 이 사람들은 엘리자베트뿐만 아니라 어머니와 자신들까지 노린다고 말했다.
무섭다.
지금까지 알스하이드 유수의 자산가인 월포드 가의 아이라는 이유로 악당들이 노릴 위험성이 있다며 주의받아왔다.
그래서 밖에 나갈 땐 많은 호위병이 따랐고 실제로 습격도 있었다고 한다.
그러나 직접 보지 못했던 실베스터는 그것을 실감하지 못했다.
하지만 지금 눈앞에서 악당들이 자신들을 살해하려는 계획을 이야기하고 있다.
어째서? 왕성은 안전한 게 아니었나?
그런 의문이 머리에 맴돌았다.
어쨌든 어떻게든 이곳에서 벗어나야 한다.
그리고 어머니에게 습격 계획이 있다는 사실을 전해야 한다.
그러나 갑자기 움직이면 남자들에게 들킬지도 모른다.
그렇게 생각하니 무서워서 몸이 잘 움직이지 않았다.
어떡하지. 어떡하지.
그렇게 생각할 때였다.
"오빠!"
"실버 오라버니!"
시야 끝에서 큰소리로 자신을 부르며 달려오는 두 사람이 보였다.

샬럿과 옥타비아였다.

아무래도 기사와 메이드가 두 사람을 잡지 못했던 듯하다.

그리고 자신들처럼 길을 잃었다.

그때 실베스터를 발견하고 안심하고 달려온 것이다.

"샤를! 비아! 오면 안 돼!"

""……!""

실베스터의 커다란 목소리에 샬럿과 옥타비아가 깜짝 놀라 발을 멈췄다.

어차피 방금 샬럿의 큰 목소리로 자신들까지 들켰을 것이다. 그렇다면 차라리 샬럿과 옥타비아를 다가오게 하지 말고 자신이 다가가는 편이 좋다.

그렇게 판단한 실베스터는 서둘러 맥스를 안고서 두 사람을 향해 달리기 시작했다.

"뭐?! 이 녀석들, 그 꼬맹이들인가?!"

"어느 틈에?!"

갑작스러운 아이들의 등장에 대화하던 남자들은 놀라움을 감추지 못했다.

그야 당연한 것이 지금까지 이 아이를 포함한 살해 계획을 세우고 있었으니까.

설마 아이들이 이런 곳까지 올 줄은 몰랐고 대화를 들으리라고는 더욱 예상하지 못했다.

실베스터가 샬럿과 옥타비아, 맥스를 등 뒤에 숨기고 두 사람과 마주하니 남자들은 잠시 무언가 속닥인 뒤 비열한 미소를 떠올렸다.

"이거 옥타비아 왕녀님 아니십니까. 이러시면 안 되죠, 이런 곳까지 오시면."

"자, 우리가 어머님께 안내해 드리죠."

두 사람은 대화를 들켰지만 어차피 어린애라서 내용을 이해하지 못했을 것이라고 생각하고 아이들을 어머니에게 데려다준다는 명목으로 방으로 들어가 계획을 실행하려는 것이다.

실제로 계속 길을 잃었던 옥타비아는 안도하며 두 사람에게 가려고 했다.

그러나 그것을 실베스터가 막았다.

"가면 안 돼, 비아! 이 사람들은 악당이야!"

실베스터의 말에 두 사람에게 가려던 옥타비아의 발길이 멈추고 다시 실베스터의 뒤에 숨었다.

"이 도련님이 이상한 말을 하네?"

"그러게. 우리는 너희를 어머니한테 데려다주려는 착한 사람인데."

남자들은 히죽거리며 그렇게 말했지만 실베스터는 단호히 말했다.

"거짓말! 아까 한 말 다 들었어! 어머니와 우리를 죽이겠다고! 지금이 기회라면서!"

그런 실베스터의 말에 남자들이 혀를 찼다.

설마 그 대화를 이해했을 줄은 몰랐기 때문이다.

"오, 오빠, 정말이야?"

"실버 오라버니?"

"정말이야."

그렇게 말한 실베스터의 몸이 살며시 떨리는 것을 샬럿과 옥타비아가 깨달았다.

맥스는 아까부터 실베스터에게 찰싹 붙어 떨고 있었다.

사실이다.

그렇게 생각한 샬럿과 옥타비아는 무서워서 움직일 수 없게 됐다.

그것을 본 남자들은 경악하며 혀를 차던 표정에서 다시 비열한 미소의 얼굴로 돌아왔다.

"뭐, 수고를 덜었다고 생각하자고."

"그래. 왕녀만 죽이면 나머진 어떻게든 돼."

"그래. 어차피 목격자도 없으니까."

전부 죽인다.

남자들의 대화엔 그런 의미가 있었다.

너무나도 무서운 나머지 아이들의 떨림을 멈출 수 없었다.

실베스터는 그 공포를 떨쳐내려고 목에 건 아버지에게 받은 펜던트를 무의식중에 쥐었다.

바로 그와 동시에, 마법을 쓰면 소란을 듣고 누군가가 올지도 모른다고 생각한 남자들이 품에서 단검을 꺼내 달려들었다.

""""……!""""

샬럿, 옥타비아, 맥스는 눈을 질끈 감았다.

"으, 으아아아!"

실베스터는 펜던트에 힘을 담았다.

그러자…….

"뭐?!"

"장벽?!"

실베스터가 지닌 펜던트는 정해진 속도보다 빠르게 날아드는 것을 감지하면 자동으로 장벽을 생성한다.

그러나 사람이 다가오는 것만으론 작동하지 않는다.

그러지 않으면 아무도 다가올 수 없기 때문이다.

따라서 지금 장벽을 전개하려면 스스로 마도구를 기동해야만 한다.

실베스터는 최근 신에게서 이 마도구를 사용하는 법을 배웠다.

처음으로 받은 마도구가 기뻐서 몇 번이고 혼자 연습했었다.

그 성과가 지금 발휘되었다.

"큭! 젠장! 이건 또 뭐야?!"

"쳇! 월포드의 아이인가?! 성가신 마도구를 갖고 있군!"

남자들은 실베스터가 전개한 장벽을 향해 몇 번이고 단검을 휘둘렀다.

그때마다 캉! 캉! 소리를 내며 장벽에 막혔다.

그 소리와 날카로운 칼이 무서웠는지 아이들은 필사적으로 실베스터에게 달라붙었다.

실베스터는 방심했다간 장벽이 사라진다는 사실을 알고 있기에 단검이 휘둘릴 때마다 공포에 몸을 떨면서도 필사적으로 마도구를 기동했다.

누가 좀 도와줘!

마도구로 장벽을 전개했지만 반격하거나 도망칠 수 없는 실베스터는 마음속으로 필사적으로 그렇게 기도했다.

"빌어먹을! 빨리 이 장벽을 없애!"

"그만 포기하고 죽으라고!"

남자들은 몇 번이고 공격해도 장벽이 부서지지 않자 초조해졌는지 실베스터에게 욕설을 퍼붓기 시작했다.

지금까지 들어본 적 없는 매도에 실베스터의 마음이 꺾이려 하고…….

바로 그때였다.

"누구를 죽인다고요?"

그곳과는 어울리지 않을 정도로 조용한 목소리가 들렸다.

실베스터는 익숙한 목소리에 깜짝 놀라 돌아보았다.

그곳에는.

"어머니……."

어머니 시실리가 서 있었다.

시실리는 잔뜩 지친 실베스터의 얼굴을 보고 안심시키려는 듯 미소 지은 뒤 다시 남자들을 보았다.

"대답하세요. 누구를 죽인다고요?"

남자들은 갑자기 나타난 시실리를 보고 잠시 당황했지만 이내 마음을 다잡았다.

나타난 인물은 성녀라 불리는 시실리다.

얼티밋 매지션즈에서 치유의 힘에 특화된 여성.

그러나 임신 중이라 움직임이 불편하다.

나타난 사람이 시실리라면 이길 수 있다고 생각했다.

"헤헤, 성녀님……."

"당신하고…… 애들을 죽인다고!"

그렇게 외친 두 사람은 시실리를 향해 돌진했다.

"어머니!"

늘 자상한 어머니.

장난쳐도 자상하게 나무랄 뿐, 화내지 않는 어머니.

점점 커지는 배를 쓰다듬으며 자상하게 미소 짓는 어머니.

정말 좋아하는 어머니.

그런 어머니를 향해 악당들이 달려간다.

최악의 결과를 예상한 실베스터는 자신도 모르게 소리쳤다.

그러나…….

"어?"

실베스터는 눈을 의심했다.

아직 마법을 배우지 않은 자신도 보일 정도로 방대한 마력이 시실리에게서 뿜어졌기 때문이다.

"뭐?!"

"다, 다리가?!"

그렇게 외친 남자들을 보니 발이 얼어붙어 있었다.

그 짧은 시간에 얼음 마법을 전개한 것이다.

굉장하다. 그렇게 생각한 실베스터가 시실리를 보니 지금껏 본 적 없는 표정을 한 어머니가 있었다.

"누구를…… 누구를 죽인다고요?"

""히익!""

감정이 조금도 담기지 않은 목소리와 표정에 남자들은 자신도 모르게 비명을 질렀다.

그런 비명엔 아랑곳하지 않은 채, 시실리는 한 걸음씩 남자들에게 다가갔다.

"우리라면 몰라도…… 아이들을…… 실버와 샤를, 비아와 맥스까지 죽인다고요?"

그렇게 말하며 다가오는 시실리는 표정이 지워진 채 점점 눈동자에서 빛이 사라지고 있었다.

화났다!

어머니가 크게 화났다!

처음 본 어머니의 격노에 실베스터와 샬럿은 아까의 공포를 잊고 멍하니 시실리의 얼굴을 보았다.

"히익! 오, 오지 마!"

"사, 살려줘……."

발밑부터 서서히 얼어붙고 있는 남자들은 한심하게도 시실리에게 애원했다.

그 말을 들은 시실리는 생긋 웃었다.

동공은…… 여전히 열린 채.

"용서할 수 없어요."

시실리는 그렇게 말하며 단번에 마력을 방출했고, 남자들을 꽁꽁 얼리는데…….

"거기까지다, 시실리 부인!"

그때, 달려온 아우구스트가 시실리를 말렸다.

그 말을 들은 시실리는 천천히 아우구스트를 보았다.

"전하, 어째서죠? 이 사람들은 제 귀여운 아이들을 죽이려 했는데요?"

"알고 있다! 용서할 생각은 없어! 하지만 저 녀석들에게 캐내야 할 게 많다!"

필사적으로 시실리를 설득하는 아우구스트.

아우구스트의 말을 들은 시실리는 눈을 감고 천천히 숨

을 내쉬었다.
"……그럼 어쩔 수 없네요. 전하, 확실히 처리해주세요."
생긋 웃으며 그렇게 말하는 시실리를 본 아우구스트는 군말 없이 맡겨 달라며 굳은 표정으로 간신히 그렇게 말했다.
시실리가 마법을 풀고 얼음을 녹이자 그 자리에 쓰러진 남자들은 곧바로 구속됐다.
그리고 원망의 말을 쏟아냈다.
"제, 제길! 왜 성녀가 저렇게 강한 거냐고?!"
그 말을 들은 아우구스트는 정말이지 황당하다는 표정을 지었다.
"그녀는 치유 마법을 제일 잘 다루는 것뿐, 공격력은 우리와 별 차이가 없어. 그런 것도 몰랐나?"
""뭐?!""
아우구스트의 말을 들은 남자들은 그런 소린 들어본 적 없다며 경악한 표정을 했다.
그 후 남자들은 재갈을 물린 채 연행됐다.
한편 그 무렵 남자들을 공포의 구렁텅이에 떨어뜨린 시실리는…….
"실버, 괜찮니? 애 많이 썼구나."
그렇게 말하며 이번 일의 공로자인 실베스터를 안아주었다.
"나, 나는…… 나는……."
"모두를 지켜줘서 고마워. 역시 오빠답네."

시실리가 그렇게 말하며 실베스터의 머리를 쓰다듬자 지금껏 참았던 것이 터지고 말았다.

"으, 으아아아앙!"

평소에 울거나 떼쓰는 일도 거의 없는 실베스터가 시실리에게 안겨 울음을 터뜨렸다.

그런 실베스터의 등을, 시실리는 자상하게 몇 번이고 두드리며 달래주었다.

"괜찮아, 이제 괜찮아. 엄마가 왔으니까. 이제 괜찮단다."

"어머니! 어머니!"

그렇게 평소엔 듬직한 오빠이자 형인 실베스터가 우는 모습을 본 아이들도 덩달아 엉엉 울었다.

"으앙! 무서웠어, 엄마!"

"아주머님!"

"우왕~!"

샬럿, 옥타비아, 맥스도 울며 시실리에게 안겼다.

그것을 아우구스트는 복잡한 표정이었다.

"비아…… 네 아빠도 여기 있는데……."

그러자 그제야 아버지가 있다는 사실을 깨달은 옥타비아가 아우구스트를 힐끔 본 뒤 다시 시실리에게 안겼다.

"어머나."

옥타비아는 아빠인 아우구스트에게 갈 거라고 생각한 시실리는 쓴웃음을 지으면서도 옥타비아를 꼭 안아주었다.

"뭐, 실제로 구해준 건 월포드 부인이니까."

아우구스트는 그렇게 중얼거리며 옥타비아가 원하는 대로 하게 두었다.

그리고 간신히 울음을 멈추기 시작한 아이들은 저마다 시실리를 칭찬했다.

"어머니, 굉장했어!"

"엄마, 멋있어!"

"아주머님…… 멋지셨어요……."

"아주머니, 굉장해!"

직전까지 울며 안기던 아이들이 이제는 반짝이는 눈으로 존경의 시선을 보냈다.

아이들의 시선을 받은 시실리는 미소 지으면서도 받아주었다.

"어머, 후후, 고마…… 윽……."

그런데 갑자기 시실리가 배를 안고 신음했다.

"어머니?! 왜 그래?!"

"엄마?!"

"아주머님!"

"아주머니!"

미소 짓고 있었는데 갑자기 괴로워하는 시실리를 본 아이들은 당황했다.

"무슨 일이지?! 월포드 부인!"

그러자 아우구스트도 당황할 수밖에 없었다.

설마 방금 그 남자들에게 뭔가 공격이라도 당한 건가?! 그렇게 생각하니 등줄기가 오싹해졌다.

그렇다면 신이 어떻게 행동할지 예측조차 할 수 없다.

그렇게 생각했는데…….

"나……."

"나?!"

"나오……려고…… 해."

그 말에 이번엔 아우구스트를 포함한 모두가 패닉에 빠졌다.

"누가! 누가 의사를 불러와라!"

그렇게 말하는 걸 보면 보기 드물게도 아우구스트가 패닉에 빠졌다는 것을 알 수 있다.

그 말을 곧이곧대로 듣고 정말로 의사를 업고 나타난 기사들도 상당한 패닉 상태였다.

억지로 기사들에게 업혀 온 의사는 진료하기도 전에 시실리의 상태가 양수가 터져 아이가 나오기 직전이라는 것을 알 수 있었다.

"지금 뭐 하고 있는 겁니까?! 빨리 성녀님을 의무실로…… 아니, 객실로!"

"네!"

"그리고 왕태자비님의 전속인 여의사와 산파를! 서두르세요!"

"예!"

"당신과 당신은 들 것을 가져오세요! 그리고 천천히, 조심스럽게 성녀님을 옮겨야 합니다! 아시겠죠?!"

"알겠습니다!"

넋이 빠져 조금도 도움이 안 되는 기사들에게 화가 난 의사의 노성에, 기사들은 거역하지 않고 지시대로 움직였다.

그제야 옮겨지는 시실리를 지켜본 의사는 황당한 표정으로 아우구스트를 보았다.

"이거야 원…… 아우구스트 전하도 뭘 하신 겁니까?"

평소 알스하이드의 보물이라는 말까지 듣는 왕태자가 전혀 도움이 되지 않은 사실에 쓴소리했다.

"……그대 말이 옳군. 여성이 산기를 느끼는 상황은 처음이라 당황하고 말았다."

"뭐, 출산에 관해선 남성보다 여성의 배짱이 더 두둑하죠. 산기를 느낀 여성 앞에서 아무것도 못 하는 남자가 많은 것도 사실이지만…… 의사를 불러오라고 하셨다면서요?"

"윽……."

"많이 당황하셨나 봅니다……."

평소엔 본 적 없는 왕태자의 실수에 의사도 쓴웃음을 떠올리고 말았다.

"아니…… 어쩌면 월포드 부인이 그 악당들에게 해를 입은 건 아닐까 싶었다. 만약 그랬다면……."

아우구스트는 무서워서 그 후의 말을 할 수 없었다.

그리고 말하지 않아도 의사는 이해할 수 있었다.

"그렇군요…… 당황하는 것도 무리가 아니군요."

그런 말을 나누고 있으니 갑자기 끼어드는 목소리가 들렸다.

"아저씨! 엄마는?! 엄마는 괜찮아?!"

"오그 아저씨…… 어머니는……."

신음하며 쓰러진 시실리를 본 딸과 아들은 울먹이면서 아우구스트에게 다가갔다.

어머니가 눈앞에서 쓰러지면 불안하지 않을 아이가 있을 리 없다.

아우구스트는 그제야 당황한 나머지 아이들을 방치했다는 사실을 깨달았다.

당장에라도 울음을 터뜨릴 것 같은 샬럿과 실베스터의 앞에 무릎을 굽혀 시선을 맞춘 뒤 안심할 수 있도록 두 사람의 머리를 쓰다듬었다.

"괜찮다. 왕성에 일하는 의사와 산파가 있으니 걱정할 것 없어. 너희는 태어날 아이가 남자아이일지 여자아이일지 생각하고 있으렴."

"하지만……."

"어머니, 힘들어 보였는데……."

아우구스트의 말에도 불안감이 가시지 않은 남매에게 어

쩔 수 없이 최종 수단을 쓰기로 했다.

"그리고 지금부터 신에게…… 너희 아버지에게 연락할 테니 금방 올 거다."

그렇게 말한 순간.

"아빠! 아빠가 있으면 안심이야!"

"아버지…… 다행이다……."

자신의 말로는 안심할 수 없었으면서 신이 온다는 말에는 불안감이 사라진 듯했다.

직전까지 불안해하다 신이 온다는 말을 듣고 기뻐하는 남매를 본 아우구스트가 쓴웃음을 떠올리고 있을 때, 누군가가 옷깃을 당겼다.

"응?"

아우구스트가 시선을 보낸 곳에 옥타비아가 있었다.

그 눈은 무어라 표현할 수 없이 한심하다는 시선이었다.

"아버님…… 꼴사나워요……."

"큭……."

옥타비아의 한마디에 격침당하면서도 자각하고 있기에 아무런 변명도 하지 못한 아우구스트는 어깨를 늘어뜨린 채 무선 통신기를 꺼내 신에게 연락했다.

◆

오랜만에 받은 의뢰는 크루트 왕국에 있는 깊은 산속 마을의 구조 요청이었다.

마을의 유일한 수자원인 강에서 용수로를 끌어 물을 공급하고 있었는데, 산사태가 일어나 막히는 바람에 마을에 물을 공급할 수 없게 됐다고 한다.

흙을 거두려 해도 사람의 힘으로는 시간이 걸리고 깊은 산속이라 많은 인원을 데려올 수 없다는 이유로 우리에게 의뢰가 왔다.

뭐, 이런 건 내게 맞는 의뢰지.

깊은 산속이어도 하늘을 날면 금방 갈 수 있고 마법으로 흙더미를 없앨 수도 있다.

게이트로 크루트 왕국에 간 나는 부유 마법으로 현장으로 직행했고 흙더미는 금방 치울 수 있었다.

그러나 깊은 산속이니 언제 또 산사태가 일어날지 알 수 없다.

그런 일이 일어나도 괜찮도록 강과 연결된 용수로를 지하에 매립하고 만약의 사태가 벌어져도 점검할 수 있도록 사람이 드나들 수 있는 크기로 만들었다.

상당히 튼튼히 만들었으니 앞으로 산사태가 일어나도 괜찮을 것이다.

그렇게 일을 마치고 마을 사람들로부터 감사 인사를 받은 나는 오랜만에 느끼는 달성감에 의기양양하게 사무실로 돌아왔다.

그리고 생각지도 못한 연락을 받았다.

"네?! 시실리가 왕성에서 산기가 왔다고요?!"

그 연락은 왕성에 놀러 간 시실리에게 산기가 와서 그대로 출산하게 됐다는 보고였다.

"왜 바로 알려주지 않았던 건가요?!"

무심코 큰소리로 그렇게 말하니 카탈리나 씨가 미안한 듯이 말했다.

"죄송합니다. 아우구스트 전하가 신 님께 알리면 일에 집중할 수 없을 테니 끝난 뒤에 알려드리라고……. 그리고 이제 막 진통이 시작됐으니 아직 출산까지는 시간이 걸릴 테니 일이 마치길 기다려도 늦지 않을 거라고 하셔서……."

확실히 카탈리나 씨의 말대로 일하는 중 그런 연락을 받으면 도저히 집중할 수 없을지도 모른다.

진통이 시작된 후 아이를 낳을 때까지 시간이 걸리는 것도 사실이니 오그의 판단은 틀리지 않았을 것이다.

솔직히 머리로는 그렇게 이해하지만 시실리가 힘들 때 아무것도 모른 채 의뢰를 마치고 달성감을 느꼈다는 사실에 죄악감이 들었다.

어쨌든 서둘러 왕성으로 가기 위해 오그에게 연락했다.

『아우구스트다.』

"나야! 벌써 태어났어?!"

무선 통신기를 받은 오그에게 그렇게 물었지만 통신기 너머로 오그가 한숨 쉬는 소리가 들렸다.

『신. 적어도 누구인지는 말해다오. 순간 누구인지 알 수 없었다.』

어? 내가 그랬던가?

"아, 응, 미안. 그보다 시실리는? 괜찮아?"

『아직 분만 중이야. 지금은 늘 있는 방에 있으니 바로 와.』

"알았어."

나는 그렇게 말한 뒤 바로 게이트를 열었다.

게이트로 오그가 말한 방으로 가니 실버를 포함한 아이 넷이 소파에 앉아 있었고 그 앞에 엘리가 허리에 손을 얹고 서 있었다.

실버는 고개를 숙이고 있었고 샤를과 비아를 포함한 아이들은 훌쩍훌쩍 울고 있었다.

무슨 상황이지?

"알겠어요? 앞으로는 경솔한 행동을 하면 안 돼요. 알았죠?"

엘리는 아이들에게 무서운 얼굴로 그렇게 말했다.

"네…… 죄송해요."

실버는 침울한 표정으로 얌전히 고개를 숙여 엘리에게 사과했다.

다른 아이들은…….

"훌쩍…… 흑…… 제성해여……."

"죄송해요, 어머님……."

"흐극, 윽!"

셋 다 울며 사과했다.

"오그, 이게 무슨 일이야? 아이들이 뭔가 저질렀어?"

엘리가 아이들을 혼내는 광경을 조용히 지켜보는 오그에게 물었다.

그러자 오그가 진지한 얼굴로 바라보았다.

"그래. 그다지 칭찬할 수 없는 행동을 했지. 뭐, 결국 그게 좋은 결과로 이어졌지만……."

오그는 팔짱을 끼며 그렇게 말하며 내게 다가왔다.

"이 일로 잠깐 할 말이 있어. 저쪽으로 갈까?"

"그래."

오그를 따라 방의 끝으로 이동.

"할 말이라는 게 뭐야?"

"그게……."

오그는 그렇게 말한 뒤 아이들이 혼나게 된 이유를 알려주었다.

방에서 놀다 질린 아이들이 왕성 탐험대가 되겠다며 성을 탐색하기 시작한 것.

디스 아저씨의 방에 간 후 비아와 샤를이 오그의 방으로 가겠다며 뛰쳐나온 것.

그 뒤를 따라 나간 기사와 메이드가 두 사람을 놓친 것.

그리고 그들을 따라 나간 실버와 맥스도 길을 잃은 것.

확실히 혼날만한 일이구나 싶어 쓴웃음을 떠올리니 오그의 입에서 믿기 어려운 말이 나왔다.

미아가 된 실버가 성의 정원에 도착했을 때 엘리와 시실리, 아이들을 살해하려는 계획을 세운 남자들이 있었다.

그 이야기를 들은 순간 악당들에 대한 증오심이 솟구쳤다.

"침착해. 보다시피 아이들도, 엘리와 월포드 부인도 무사하다."

오그는 그렇게 말한 뒤 이야기를 이어 나갔다.

악당의 살해 계획을 들은 실버는 도망치려 했지만 그때 샤를이 나타나 악당들에게 들키고 말았다.

자칫 살해당할 뻔한 아이들은 내가 준 마도구를 기동해 악당들의 공격을 막았다.

그곳으로 달려간 시실리가 그 범인들을 잡았다.

그리고 악당을 포박한 후 시실리에게 산기가 찾아왔다.

그렇구나…… 아이들이 혼난 건 아이들끼리 멋대로 행동했기 때문인가.

호위 기사와 메이드를 따돌린 샤를과 비아.

그들을 놓쳤는데도 스스로 해결하려 한 실버.

맥스는 휩쓸렸을 뿐이지.

모든 설명을 마친 오그는 알 수 없다는 듯이 팔짱을 꼈다.

"그나저나 월포드 부인은 어떻게 바로 달려올 수 있었지?"

아이들이 위험할 때 시실리가 바로 찾아올 수 있었던 이유를 알 수 없었던 오그가 고개를 갸웃했다.

"아, 실버가 마도구를 기동했잖아?"

"그땐 터무니없이 행동했다고 생각했지만…… 결과적으론 최선이었지."

"사실 그 마도구가 기동하면 연동해서 발동하는 마도구를 시실리에게 줬어."

내가 그렇게 말하자 오그가 이해했다는 표정을 지었다.

"그렇군. 실버가 마도구를 기동한 사실을 감지한 월포드 부인이 탐색 마법으로 위치를 알아낸 건가."

"결혼 전부터 엘리와 협의하려고 왕성에 자주 드나들었으니 게이트로 바로 갈 수 있었던 것 같아. 정말 여러가지 일이 잘 맞물린 결과라 할 수 있겠네."

"그래."

지금 상황에 관한 이야기를 마쳤을 때, 나를 조용히 바라보는 아이들의 시선을 알아차렸다.

그 얼굴은 약간 겁에 질린 것처럼 보였다.

그러고 보니 아까 분위기를 험악하게 만들었었지…….

그래서 겁에 질렸다고 생각한 나는 아이들을 향해 웃어

보였다.

"아빠!"

아이들을 안심시키려고 하니 샤를이 달려들었다.

"어이쿠."

다급히 샤를을 안아주니 샤를이 엉엉 울며 안겼다.

엘리가 그렇게나 무서웠나…….

그렇게 생각했는데 아무래도 아닌 모양이었다.

"아빠! 엄마를 구해줘!"

눈물과 콧물로 범벅된 얼굴로 샤를이 그렇게 애원했다.

그렇구나, 시실리는 악당을 포박한 뒤 바로 산기가 왔다고 했었지.

그 자리에 아이들도 있었던 건가.

평소와는 다른 시실리의 모습을 보고서 불안해졌나 보다.

아이들을 보니 실버도 불안한 듯이 곁으로 다가와 내 옷을 꼭 쥐었다.

나는 아이들을 안심시키기 위해 샤를의 등을 두드리고 실버의 머리를 쓰다듬었다.

"괜찮아. 엄마는 아빠가 반드시 지킬 테니까."

내가 그렇게 말하자 샤를은 아까까지 울던 것이 거짓말인 것처럼 환하게 웃었다.

뭐, 여전히 얼굴은 눈물 콧물로 범벅이지만…….

"아빠가 있으면 안심이야!"

그렇게 말하며 안겼다.

아, 옷에 콧물이…….

잠시 그렇게 생각했지만 불안해하던 샤를을 위해 그대로 안아주었다.

그리고 나는 내 옷을 붙잡은 실버와 시선을 맞추기 위해 무릎을 굽혔다.

그러자 실버는 혼나는가 싶었는지 순간 몸을 움츠렸다.

계속 혼내는 것도 아닌 것 같았던 나는 샤를을 안은 채 실버를 안아주었다.

"아버지?"

"오그한테서 들었어. 실버, 아이들을 지켜줬다며? 대단하네. 역시 우리 실버는 아빠의 자랑이야."

안아주며 그렇게 말하니 실버가 몸을 살짝 꼬았다.

"아버지, 부끄러워."

"왜?"

"다들 보고 있으니까……."

사람들 앞에서 안아주며 칭찬받는 것이 부끄러웠던 모양이다.

"오빠, 멋있었어!"

샤를이 그렇게 말하며 내 품에서 내려와 실버를 안았다.

"아!"

갑자기 안긴 실버는 깜짝 놀랐지만 샤를은 아랑곳하지 않고 그대로 나를 보았다.

“오빠는 이렇게 우리 앞에 척 서서는 뭔가 확 나오게 해서 우리를 지켜줬어!”

손짓 몸짓으로 열심히 실버의 활약을 알려주려는 샤를.

그 행동이 귀여워서 나도 모르게 미소가 나왔다.

“실버 오라버니, 멋졌어요.”

비아도 곁으로 다가와 살며시 실버에게 몸을 기댔다.

실버를 보는 그 눈에는 분명 연심이 담겨 있었다.

어? 비아는 아직 세 살이었지?

철이 들었는지도 의심스러운데 벌써 그런 눈으로 실버를 보는 거야?

이 아저씨, 깜짝 놀랐어!

저기 봐, 비아네 아버지도 씁쓸해하잖아!

맥스는 아무런 말이 없었지만 반짝이는 눈으로 실버를 보았다.

동경하는 형을 보는 시선이네.

“인기 많구나, 실버.”

내가 그렇게 말하자 실버는 빨개진 얼굴을 돌려버렸다.

부끄러운가 보다.

그런 실버를 보고 웃고 있으니 시끄러운 발소리가 들렸다.

혹시 태어났나?!

그렇게 생각하고 발소리가 난 쪽을 보니 노크도 없이 문이 활짝 열렸다.

모두가 깜짝 놀랐지만 들어온 사람을 보고는 맥이 빠지고 말았다.

왜 그런가 하면…….

"시실리 언니가 출산한다는 게 사실인가요?!"

나타난 사람이 알스하이드 고등 마법학원의 교복을 입은 메이였기 때문이다.

"아직 태어나지 않았어."

오그가 그렇게 말하니 메이가 안도의 숨을 내쉬었다.

"하아, 다행이에요. 서둘러 돌아오길 잘했네요."

그렇게 말하며 생긋 웃은 메이의 뒤로 다른 발소리가 들리기 시작했다.

"메이 공주님! 혼자 가지 마세요!"

"맞아요! 우리는 어디로 가면 좋을지도 모른다고요!"

메이에게 항의하듯 방으로 들어온 사람은 두 남녀.

둘 다 고등 마법학원의 교복을 입고 있었다.

그 두 사람은 방으로 들어온 순간, 오그와 엘리, 비아를 발견하고는 그대로 굳어버렸다.

"아, 아으…… 무, 무례를 용서해 주세요!"

"죄, 죄송합니다!"

두 사람…… 아그네스 양과 콜린 군은 몸이 꺾인 게 아닐까 싶을 정도로 고개를 숙였다.

"둘 다 신경 쓰지 마라. 메이를 따라왔을 뿐이겠지? 메이가 잘못한 거야."

"네?! 그게 무슨 말이에요, 오라……버니?"

아그네스 양과 콜린 군 잘못이 아닌 전부 메이 탓이라고 잘라 말한 오그에게 항의하려던 메이는 오그의 얼굴을 보고서 말문이 막혔다.

뭐, 그렇게 되겠지…….

지금 오그는 정말이지 무서운 표정이니까.

"저기…… 오라버니?"

"……왕성 복도를 경망스럽게 뛰어다니고, 노크도 없이 문을 열다니……."

"힉!"

메이가 짧은 비명을 질렀다.

얼굴을 찡그린 오그의 온몸에 전기가 찌릿찌릿 감돌았다.

그 모습이…… 너무나도 악당 보스 같았다.

메이가 비명을 지를만 해. 아이들도 겁에 질려 엘리에게 매달렸다.

"아무래도…… 벌이 필요하겠군."

"히익! 그 상태로 만지지 마세요! 만지면!"

"만지면?"

"감전돼서…… 꺄아악!"

전기가 감도는 상태의 오그에게 머리를 붙들린 메이는 비명을 지르며 쓰러졌다.

정말로 감전시키면 죽을지도 모르니 저주파 치료 정도의 전력만 쓴 거겠지만.

그렇다 해도 강력한 저주파 치료기는 꽤 아프지.

바닥에 쓰러진 메이를 본 아그네스 양은 콜린 군에게 밀착해 파르르 떨었다.

혹시 자신에게도 저 벌을 내릴까 걱정한 듯하지만 오그의 벌은 메이 선에서 끝났다.

"윽…… 죄송해요……."

"나 원……. 너는 비아의 본보기가 되어야 하는 존재잖아. 조카에게 한심한 모습을 보이면 어떡해?"

"아, 비아, 나 왔어!"

오그의 설교도 안 통하는지 비아를 발견하고는 아이들에게 쪼르르 달려갔다.

그 뒷모습을 본 오그가 깊은…… 그야말로 깊고 깊은 한숨을 쉬었다.

"……너희가 고생하는구나."

아그네스 양과 콜린 군에게 그렇게 말한 오그는 정말 피곤해 보였다.

"아, 아니요. 메이 공주님껜 항상 도움을 받고 있어서……."

"저기, 폐가 되지는……."

아그네스 양과 콜린 군도 메이를 두둔하려 하지만 폐를

끼치지 않는다고는 말할 수 없겠지.

"……정말 미안하다."

오그는 그렇게 말하며 두 사람에게 고개를 숙였다.

"그, 그러지 마세요, 전하!"

"저, 정말로! 정말 신경 쓰지 않습니다!"

왕태자가 고개를 숙이는 건 두 사람에겐 고문이나 마찬가지일 것이다.

다급히 오그를 만류했다.

이런 사태를 만든 원흉은…….

"어서 오세요, 메이 언니."

"다녀왔어요!"

"아하하! 메이 언니, 끄악하고 소리쳤어!"

"으! 그건 잊어줘요, 샤를!"

"어서 와요."

"와, 맥스 군도 있었네요. 오랜만에요!"

자기 때문에 고생하는 세 사람을 뒤로한 채, 메이는 아이들과 놀아주었다.

아이들에게 둘러싸여 즐거워 보였다.

"메이 언니, 안녕."

"다녀왔어요, 실버 군. 실버 군도 이리 오지 않을래요?"

"나, 나는 됐어……."

실버는 메이와 노는 아이들과는 거리를 두고 있었다.
실버가 메이를 싫어하는 건…… 딱히 아니다.
메이는 지금 고등마법학원 3학년.
이제 열여덟 살이다.
이차 성징을 겪어 어른스럽고 이상적인 체형이 됐다.
그러고 보니 앨리스가 순조롭게 성장하는 메이를 분한 듯이 지켜봤지…….
그리고 메이는 알스하이드 왕가 사람으로 오그의 동생.
보기엔 완벽한 미소녀다.
자아가 확립되고 남녀 차이도 의식하게 된 실버가 연상의 예쁜 누나에게 안기는 건 저항감이 있는 듯하다.
나는 실버의 마음을 잘 알 수 있었지만 메이는 1, 2년 전까지만 해도 기쁘게 안기던 실버가 갑자기 거리를 둔다고 생각한 모양이다.
그 사실이 쓸쓸했는지 이럴 때의 메이가 하는 행동은 늘 똑같다.
"그런 소리 말고! 이리 와요! 꽉 안아줄게요!"
"으앗!"
억지로 끌려가 안기고 말았다.
실버는 메이에게 안겨 당황했다.
역시 저건 싫다기보다 부끄러운 거지.
얼굴이 새빨개졌다.

그런 실버를 본 비아가 토라진 듯 실버와 메이 사이에 끼어들었다.

"메이 언니! 경망스러워요!"

그러나 메이에겐 통하지 않았다.

"응? 비아도 꽈악!"

"앗!"

비아까지 끌어안았다.

"메이 언니, 샤를도!"

"나도!"

"아하하! 전부 꽉 안아줄게요!"

……메이는 참 굉장하네.

근데 그래도 되는 거야? 알스하이드 왕국의 왕녀님.

그 자유분방한 모습에 엘리도 한숨을 쉬었다.

저건 어떤 말을 해도 소용없다고 생각하는 표정이네.

오그도 똑같은 얼굴로 한숨을 쉬고 있고 아그네스 양과 콜린 군은 쓴웃음을 짓고 있다.

메이의 난입으로 시끌벅적할 때, 다시 복도를 달리는 소리가 울렸다.

열려있던 문 너머로 나타난 사람은 숨을 헐떡이는 메이드였다.

메이드는 잠시 숨을 고른 뒤 우리를 보며 환한 미소를 떠올렸다.

"태어났습니다! 건강한 남자아이로, 산모와 아이 모두 무사합니다!"

그 말이 나온 순간, 방에는 커다란 환호성에 휩싸였다.

보고하러 온 메이드를 따라 시실리가 분만을 위해 들어간 객실로 간 우리는 아이의 울음소리를 들으며 미소 지었다.

당장에라도 방으로 들어가고 싶은 마음을 꾹 억누르고 노크부터 했다.

그러자 안에서 문을 열고 흰옷을 입은 여자 의사가 나타났다.

"아, 사도님. 다들 안으로 들어가시죠."

의사의 안내로 방으로 들어갔다.

방 안에는 출산 후 뒷정리를 위해 메이드들이 이리저리 바삐 돌아다니고 있었다.

그리고 침대에 누워 갓난아이를 안고 있는 시실리가 있었다.

"신 군……."

역시나 피곤해 보이지만 그 이상으로 행복해 보이는 시실리를 본 순간 안도와 기쁨이 솟구쳤다.

"고생했어. 갑자기 연락이 와서 깜짝 놀랐어."

"후후, 이 아이도 깜짝 놀라서 나온 건지도 모르겠네요."

시실리는 그렇게 말하며 품에 안은 아이에게 시선을 보냈다.

방금 태어난 갓난아이는 시실리를 닮아 머리카락이 푸른

남자아이였다.

아직 눈을 뜨지 못하니 눈동자 색은 어떤지 아직 알 수 없었다.

갓 태어나 얼굴도 쭈글쭈글해서 누구를 닮았는지도 모르겠다.

그러나 귀엽고 사랑스러운 것은 변함이 없다.

시실리에 품에 안겨 응애하고 우는 우리 아이의 머리를 쓰다듬었다.

그러자 쓰다듬는 것을 아는지 입을 꾸물꾸물 움직였다.

그때 태어난 동생을 보려고 앞으로 다가온 샤를은 갓난아이의 모습을 보자 그 눈이 반짝거렸다.

"와! 귀여워!"

처음 동생을 본 샤를이 흥분해 큰 목소리를 내고 말았다.

그러자 누나의 목소리에 놀랐는지 아이가 울음을 터뜨렸다.

"응애! 아아앙!"

"아! 울려버렸어!"

갑자기 우는 동생을 보고 어떡해야 좋을지 몰라 당황하는 샤를.

그러자 시실리가 갓난아이를 달래며 샤를에게 말했다.

"샤를, 아이가 깜짝 놀라니까 조용히 말하자."

"……."

끄덕끄덕.

자기 목소리 때문에 울렸다는 것을 아는 샤를은 입을 막고서 말없이 끄덕였다.

아니, 작게 말하면 되는데.

뭐, 이런 광경도 귀엽지.

"자, 실버도 이리 오렴."

"응."

샤를이 앞질렀지만 실버도 월포드 가의 아이.

물론 제일 먼저 아이와 만날 권리가 있다.

그런 실버를 침대로 유도하자 실버가 아이를 들여다보았다.

마치 숨결이 닿는 것조차 두려운 듯이 살금살금 바라보는 모습에 나와 시실리의 얼굴에 미소가 번졌다.

그리고는 실버가 아이의 뺨을 살짝 찌르니 아이가 실버의 손가락을 쥐었다.

"와."

실버는 깜짝 놀랐지만 아이의 손을 뿌리치지 않고 그대로 붙잡게 두었다.

그 광경을 보며 옛날 생각이 떠올랐다.

"하하. 그러고 보니 샤를이 태어났을 때도 실버가 이렇게 손가락을 쥐여줬었지."

"후후, 그러고 보니 그랬네요."

나와 시실리가 그렇게 말하자 실버는 놀랐는지 눈이 동그래졌고 이내 당황한 표정이 됐다.

"……기억 안 나."

그렇구나, 기억 안 나는구나.

귀여웠는데 아쉽다고 생각하니 실버가 말을 이었다.

"하지만 샤를이 태어났을 땐 어렴풋이 기억나. 작고 귀여웠어."

"정말? 오빠가 볼 때 샤를, 귀여웠어?"

"응. 이 아이 같았어."

"그렇구나."

샤를은 그렇게 말한 뒤 몸을 배배 꼬았다.

기쁜 모양이다.

그 후 오그 가족에게도 아이를 보여주고 집에 계신 할아버지와 할머니도 불렀다.

디스 아저씨도 축하하러 와주었고 방은 찾아온 모두의 미소로 가득했다.

시실리는 출산 직후이니 오늘은 이대로 여기서 하룻밤 보내기로 했고 샤를과 실버도 함께하게 됐다.

혼자만 돌아가는 건 불쌍하니 맥스도 같이 있기로 했다.

그런 즐거운 분위기의 방에 노크 소리가 울렸다.

"전하, 실례합니다."

그렇게 말하며 방으로 들어온 사람은 경비국 조사관 올트 씨였다.

"조사가 끝나 진술서를 가져왔습니다."

"알겠다. 수고했어."

"네! 월포드 군, 축하합니다."

"고맙습니다."

올트 씨는 오그에게 경례한 뒤 내게 축하의 말을 건네주었다.

시실리가 성에서 산기가 온 건 이미 알려졌을 테고 실내의 축하 분위기를 보면 무사히 출산했다는 것을 알 수 있을 테니까.

축하해준 올트 씨에게 고마움을 느끼고 있으니 오그가 건네받은 진술서를 들고 이동했다.

"모처럼 가져다줬는데 다른 방에서 읽기로 하지. 이 좋은 분위기를 망치고 싶지 않으니까."

"알겠습니다."

"신, 너도 볼 거지?"

"그래. 당연하지."

그렇게 우리는 행복한 분위기로 가득한 방에서 나와 별실로 들어갔다.

"그런데 이 조사는 그 마도구를 사용한 거겠지?"

"네. 이런 중대 범죄니까요. 불만을 표한 곳은 없었습니다."

"알겠다. 그럼 읽어보지."

그렇게 말한 오그가 진술서를 읽었다.

방금 말한 마도구라는 건 자백 마도구일 것이다.

한동안 조용히 읽던 오그의 눈이 점점 가늘어지더니 분위기가 험악해졌다.

그대로 한동안 진술서를 읽은 오그는 도중부터 의아한 표정을 했다.

그리고 진술서를 전부 읽은 뒤 숨을 내쉬고서 진술서를 내게 건넸다.

그렇게 받은 진술서를 읽기 시작.

자백 마도구를 사용했으니 발언은 전부 진실이라고 염두에 두고 내용을 읽었다.

침입자는 두 사람으로, 둘 다 22세.

문관으로 근무했으며 왕성에 자유롭게 드나들 수 있는 입장이었다.

설마 정상적인 방법으로 왕성 내부에 침입할 줄은 상상도 못 했다.

지금 왕성에선 시민증의 개인 식별 기능을 사용한 보안 시스템이 채용됐다.

4년 전 엘리 습격 사건 이후 왕성에 드나드는 인물을 상당히 꼼꼼히 확인하게 됐는데, 성에서 일하는 사람들까지 엄격하게 심사했다간 성에 들어오기까지 너무 오래 걸리는 사태가 발생한다.

실제로 발생했었다.

그래서 시민증의 개인 인증 기능을 사용해 등록된 시민증을 지닌 사람이라면 편하게 통과할 수 있는 출입구를 설치했다.

그 결과 아침의 성문 앞 정체가 해소되었다.

그 출입구는 등록된 시민증을 지닌 사람 이외엔 이용할 수 없다.

그래서 전혀 경계하지 않았다.

동기는 3년 전 얼티밋 매지션즈의 입단 시험에 떨어진 것에 대한 원한이라는 것이 판명됐다.

그런 이유로……. 그렇게 분노에 몸이 떨렸지만 중요한 것은 지금부터였다.

시험에 떨어진 후 소속된 마법사단에서 문제를 일으켜 해고됐고, 낙담하고 있을 때 말을 건 남자가 있었다.

남자는 얼티밋 매지션즈와 알스하이드에 복수하고 싶지 않은지 물었다.

얼티밋 매지션즈가 자신의 인생을 나락으로 떨어뜨린 원인이라고 원망한 침입자는 그 남자의 제안을 받아들여 알스하이드의 문관 시험에 합격해 지금에 이르게 됐다.

여기서 나도 위화감을 깨달았다.

알스하이드의 왕성에서 문관이 되려면 국적은 알스하이드여야 한다.

그러나 이 침입자는 마법사단에서 한 번 문제를 일으켜 해고당했다.

그런 문제 행동을 한 인물을 왕성이라는 나라의 최고 기관이 채용할까?

그런 의문을 품으며 계속 진술서를 읽었다.

침입자는 자신에게 말을 건 남자의 정체를 모른다고 했다.

그리고 알고 싶은 정보가 적혀 있지 않았다.

"오그, 이거……."

"깨달았나?"

"그래. 그리고 알고 싶은 정보가 적혀있지 않아."

"알고 있다. 물어보러 갈까?"

"지금 바로."

"알겠다."

오그는 그렇게 말한 뒤 게이트를 열었다.

왕성은 오그의 집이니 경비국 취조실도 파악하고 있다.

평소엔 이러지 않겠지만 이번엔 긴급 사태이니 성 내부를 게이트로 이동했다.

제3장 오그, 진가를 발휘

"저, 전하?!"

평소 성 내부에선 사용하지 않은 게이트로 이동하자 취조실 앞을 경비하던 기사와 경비대원이 깜짝 놀랐다.

"그 사건의 범인은 이 안에 있나?"

"네. 이쪽입니다!"

"그렇군. 들어가도 되나?"

"무, 물론입니다!"

경비대원은 그렇게 말하고는 취조실 문을 열었다.

취조실 안에는 한 남자가 있었다.

중간 체형에 중간 키. 문관치고는 체격이 좋은 느낌이다.

의자에 앉아 등 뒤로 손이 묶이고 목에는 자백 마도구가 걸려 있었다.

남자는 들어온 우리를 노려본 뒤 악담을 퍼부었다.

"왕자님에 영웅님이 납셨군. 댁들 때문에 내 인생은 엉망이 됐어! 어떻게 책임질 거냐고?!"

자백 마도구를 차고 한 발언이니 본심일 것이다.

나는 왜 이렇게 생각하게 됐는지 너무나도 의아했다.

오그는 이런 상황이 익숙한지 짜증 하나 내지 않고 생각에 잠긴 듯 턱에 손을 짚었다.

"흠…… 우리 때문이라는데, 뭐가 어떻게 돼서 우리 탓이라는 거지?"

화내지도 않고 진심으로 알 수 없다는 듯이 그렇게 묻는 오그를 보니 상당히 짜증이 났는지 남자가 격노했다.

"네놈들이 날 시험에서 떨어뜨리는 바람에 이렇게 됐잖아! 책임을 따지자면 너희한테 있지!"

그 말을 들은 오그는 더 크게 갸웃했다.

"이상한 말을 하는군. 그렇다면 얼티밋 매지션즈 입단 시험에 떨어진 사람은 다들 인생이 엉망이 됐다는 건가?"

"뭐?! 그딴 걸 내가 어떻게 알아?!"

"모를 리가 없을 텐데? 넌 우리가 널 시험에서 떨어뜨리는 탓에 인생이 엉망이 됐다고 했다. 그러니까 시험에 떨어진 사람은 모두 인생이 엉망이 됐다는 뜻이지. 아닌가?"

"다른 녀석은 몰라! 나를! 우수한 나를 떨어뜨리니까 내가 불행하게 된 거잖아!"

이 녀석의 인생은 모르겠지만 하는 말이 지리멸렬하다.

너무나도 제멋대로인 변명에 황당해하고 있으니 오그가 코웃음 쳤다.

"우수하다고? 네가?"

확연하게 깔보는 말투에 얼굴이 새빨개진 남자는 무어라

항의하려 했다.

그러나…….

"……! 아…… 아……."

"그 정도로 우수하다고? 자만은 적당히 해야지."

오그가 대량의 마력을 둘러 남자를 위협했다.

남자는 그 위력에 저항하지 못하고 덜덜 떨었다.

"이 정도 마력에 겁을 먹으면서 잘도 우수하다고 말하는군."

우와…… 오그 녀석, 마음을 완전히 꺾으려 하네…… 아니, 이미 꺾였나.

오그의 마력과 말에 짓눌린 남자는 창백해진 얼굴로 덜덜 떨 뿐이었다.

"묻고 싶은 게 있어."

지금도 마력으로 위압하는 오그 대신 내가 궁금했던 것을 묻기로 했다.

"……헤?"

위압되어 울먹이는 남자가 이쪽을 보았다.

그 표정에는 아까의 기세는 보이지 않았다.

이 녀석은 시실리와 아이들의 목숨까지 노렸다. 동정할 여지는 없다.

"네 출신지는 어디지?"

내가 그렇게 묻자 조사를 담당한 경비대원이 의아한 표정을 했다.

새삼스럽게 그건 왜 묻는지 모르겠다는 표정이다.

그러나 나와 오그는 모르는 게 있었다.

"모, 모리스……."

"……."

들어본 적 없다.

"그건 어느 나라에 있는 도시지?"

다시 물으니 남자는 잠시 저항하려는 듯했지만 자백 마도구를 이기지 못하고 나라 이름을 말했다.

"크…… 크루트."

"알겠어."

듣고 싶은 것은 들었다. 그럼 이제…….

"시민증은?"

내가 경비대원에게 물으니 포박한 후 압수한 물건 중에서 이 남자의 시민증을 주었다.

이걸로 볼일은 끝났다. 이젠 다른 한 명에게도 물어보면 끝이다.

"가자, 오그."

"그래."

그렇게 다른 한 사람에게도 질문하고 시민증을 회수해 원래 방으로 돌아왔다.

진술서 가져온 올트 씨도 동석했다.

"출신국을 물으신 이유가 뭔가요? 시민증도 그렇고."

아까 우리가 질문할 때도 옆에 있었던 올트 씨가 그렇게 물었다.

그러나 그 질문에 대답하기 전에 나도 묻고 싶은 것이 있었다.

"올트 씨, 국적을 바꾸는 게 쉬운 일인가요?"

악당들은 알스하이드의 문관. 다시 말해 알스하이드 국적이 아니면 가질 수 없는 직업이다.

그러나 악당의 출신은 크루트. 즉, 국적을 바꿨다는 뜻이다.

그래서 그렇게 물으니 올트 씨가 끄덕였다.

"간단하지는 않지만 정식 절차와 심사를 거치면 변경할 수 있습니다."

"그렇군요."

대답을 들은 나는 이번에 올트 씨의 질문에 대답해야겠다고 생각하며 압수한 시민증을 들었다.

"시민증으로 뭘 하실 생각이십니까? 본인이 없으면 기동하지 않습니다만……."

"올트 씨, 시민증에서 본인이 아니면 기동할 수 없는 건 개인 정보 열람뿐이에요."

"네?"

"그러니까 그 이외의 정보라면……."

나는 그렇게 말하고 시민증에 마력을 넣었다.

그때, 시민증의 부여 마법이 떠오르는 상상을 했다.

그러자…….

"이, 이건?!"

우리의 눈앞에 문자가 떠올랐다.

이것이 시민증에 부여된 부여 마법이다.

여기서 그 남자들의 개인 정보는 읽을 수 없다.

그러나 시민증 해석이 재밌어서 시간만 나면 계속 들여다본 나는 어느 날 이 정보 속에서 흥미로운 것을 발견했다.

"보세요, 여기예요."

내가 가리킨 곳을 본 올트 씨.

그러나 그는 의아한 표정을 지었다.

"저기…… 이건?"

올트 씨는 『일본어』를 읽지 못한다. 이렇게 반응하는 것도 당연하지.

"여기에 이 시민증이 어디서 발행됐는지 적혀 있어요."

"네?! 시민증에 그런 게 기록됩니까?!"

"네."

깨닫게 된 계기는 아주 사소한 것이었다.

내가 시민증을 만지고 있을 때 시실리도 곁에 있었다.

그리고 자신의 시민증도 봐줬으면 한다고 말했다.

그렇게 시실리의 시민증을 보다가 내 것과는 다른 부분을 발견했다.

내 것에는 『알스하이드 왕도』라고 적힌 부분에 시실리는

『알스하이드 클로드』라고 적혀 있었다.

혹시나 해서 물으니 시실리가 태어난 곳은 왕도가 아닌 영지.

시민증 등록도 그곳에서 했다고 한다.

확인을 위해 얼티밋 매지션즈 모두의 시민증도 봤는데 오그와 평민 출신은 『알스하이드 왕도』였고, 귀족 출신은 『알스하이드 영지명』이었다.

발견은 발견이지만 시민증이 발행된 곳이 적혀있을 뿐, 그때는 딱히 중요한 정보라고는 생각하지 않았다. 그러나 이번 사건에선 이것이 중요해진다.

다시 범인들이 지녔던 시민증에 기록된 발행 장소를 보니…….

"……이제야 잡았다."

나는 무심코 그렇게 말했다.

"뭐라고 적혀있지?"

그렇게 물은 오그에게 나는 시민증 발행 장소를 알려주었다.

『담 우르스트』라고.

다른 범인은 카난 출신의 헌터였다.

그러나 시민증 발행 장소는 마찬가지로 『담 우르스트』였다.

"이, 이건…… 출신지가 다른데 발행 장소가 같다는 건……."

올트 씨도 깨달은 듯하다.

"그래, 이제야 꼬리를 잡았어. 대단해, 신. 잘했다."

"뭐, 나는 해석한 것뿐이고 진짜 공로자는 이 시민증을 만든 마시타겠지."

"네?! 마시타라면 그 전설의 마도구사 말입니까?!"

올트 씨가 처음 듣는 정보에 놀라고 있지만 지금은 그 이야기할 때가 아니다.

관심이 있다면 나중에 설명하기로 하자.

그것보다 지금은 알아낸 사실을 어떻게 활용할지 이야기해야 한다.

"어떡할래? 바로 가볼까?"

내가 그렇게 묻자 오그는 잠시 생각한 뒤 고개를 저었다.

"아니, 외국이니 여러모로 교섭이 필요해. 움직이는 건 그 다음이야."

오그는 그렇게 말하고 히죽 웃었다.

"꼬리를 잡았다. 증거도 손에 넣었지. 이제는 천천히 시간을 들여 요리해 주지……."

큭큭큭 웃는 오그를 본 나와 올트 씨는 혀를 찼다.

"우와…… 오그가 악당 보스 같아."

"월포드 군…… 아무리 그래도 그 말은 좀……."

올트 씨도 불경하기에 확실히 말하지는 않지만 내 말을 부정하지도 않았다.

즉, 똑같이 생각한다는 뜻이다.

"신, 미안하지만 도와줘야겠다."

"좋아. 나도 이제 당사자야. 절대로 용서할 수 없어."

"하긴, 그렇군. 그럼 우선……."

나와 오그는 그 자리에서 앞으로의 일에 관해 이야기했다.

올트 씨도 있었지만, 그는 유력한 차기 경비국장 후보여서 앞으로도 이런 일이 있을 수 있으니 동석하게 됐다.

뭐, 이야기 내용을 들은 올트 씨는 이따금 괜한 걸 들었다는 표정이 됐지만 앞으로는 이런 일에도 익숙해져야겠지.

그렇게 이야기를 마친 우리는 시실리가 오늘 머물기로 한 방으로 돌아갔다.

◆

아이가 태어나고 며칠 후, 월포드 가에 손님이 찾아왔다.

"앙~ 귀여워라~! 안녕, 할머니랍니다."

창신교 교황, 예카테리나 씨다.

"그러니까…… 그렇게 말씀하시는 건……."

이젠 소용없다는 것은 안다.

왜냐하면…….

"할머니, 숀, 귀엽죠?"

"일 바쁘세요? 할머니."

우리 아이들은 이미 예카테리나 씨를 할머니로 인식하고 있으니까!

예카테리나 씨는 우리 집에 놀러 올 때마다 자신이 할머니라고 아이들에게 반복해서 말했다.

그 결과가 이것이다.

창신교 교황을 할머니라고 부르다니…….

그 사실을 이스에서 온 창신교의 신자인 나타샤 씨가 어떻게 생각하느냐 하면…… 자신도 동조하고 있다.

기회만 있으면 자신을 나타샤 아주머니라고 부르게 하려고 든다.

어떻게 된 거야, 창신교.

이래도 되는 거냐고, 창신교.

참고로 샤를이 말한 「숀」은 태어난 아이의 이름이다.

숀 월포드.

우리 차남.

나중에 뜬 눈은 시실리처럼 파란색으로 확실히 시실리를 닮았다.

그런 숀을 보던 예카테리나 씨가 한숨을 쉬었다.

"그나저나 저만 숀 군이 태어날 때 자리에 없었다니 소외감이 드네요."

예카테리나 씨가 그렇게 말하면 나타샤 씨도 분한 듯 얼굴을 찡그렸다.

"저도…… 왕성에 놀러 가신대서 따라가지 않았던 게 분합니다. 따라갔더라면 도련님들과 성녀님을 위험에 빠뜨릴 일도 없었을 테고 출산 자리에도 함께할 수 있었을 텐데!"

나타샤 씨는 정말로 분한 듯하다.

지금 말한 것처럼 나타샤 씨는 시실리와 아이들이 왕성에 놀러 갈 때 따라가지 않았다.

당연하듯 시실리의 곁에 있기에 자주 잊어버리지만 그녀의 소속은 이스 신성국.

거기다가 주교다.

다른 나라의 중요 인물이 왕성에 쉽게 갈 수는 없는 노릇.

본인에게 그럴 생각이 없어도 주변에서 무슨 말이 나올지 알 수 없기 때문이다.

그리고 이번엔 허점을 찔렸지만 원래 왕성의 경비는 완벽하다.

샤를과 비아를 놓친 기사와 메이드도 원래는 무척 우수한 사람들이다.

그 기사와 메이드는 자신들이 샤를과 비아를 놓치는 바람에 위험에 빠뜨렸다며 사직 의사를 밝혔다고 한다.

시실리와 엘리가 잘못은 아이들이 저지른 것이니 오히려 폐를 끼쳐 미안하다고 사과했다.

샤를과 비아도 그들에게 사과하며 그만두지 말라고 애원했기에 사직하지는 않게 됐다.

나도 딸들 때문에 직업을 잃는 사람이 나오는 걸 원치 않으니 정말 다행이었다.

오그는 그렇지도 않은 모양이었지만.

맡은 역할을 다하지 못한다면 사직해도 어쩔 수 없다고 생각했다고 한다.

그 말 때문에 비아에게서 너무하다는 평가를 받았다고 한탄했다.

아무래도 그 사건 이후 오그를 보는 비아의 평가가 신랄해진 것 같다.

뭐, 오그의 자세는 위정자로서 잘못된 것이 아니겠지.

그러나 아이의 시선에서는 냉혹한 판단이라고 받아들여질 것이다.

지금의 오그는 비아의 기분을 풀어주기 위해 월포드 저택에 자주 데려오게 됐다.

애초에 비아와 샤를이 디스 아저씨의 집무실을 뛰쳐나간 것도 디스 아저씨와 오그가 우리 집에 자주 놀러 온 사실을 항의하기 위해서였다고.

그런 이유에다 비아한테 미움받을 것 같다면 오그로서는 비아의 요구를 거절할 수 없을 것이다.

그래서 오늘은 오그도 왔지만 당연히 비아도 함께 왔다.

"숀, 누나랍니다."

"비아, 누나는 샤를이야!"

“조만간 저도 누나가 될 거예요.”

“무슨 소린지 모르겠어.”

정말 무슨 소린지 모르겠네.

비아가 말하는 『누나』는 『형수』라는 의미인가?

확실하게 실버를 노리고 있네.

정말 세 살 맞나?

참고로 맥스는 오늘 없었다.

“후후후, 어린아이들이 모여 있으니 귀여워서 좋네요.”

예카테리나 씨가 숀 주위로 몰려들어 이야기하는 아이들을 자애로운 표정으로 바라보았다.

“그나저나 이렇게 귀여운 아이들을 해치려는 악당들이 있다니…….”

“그러게 말입니다.”

왕성에서 일어난 사건은 예카테리나 씨에게도 전해졌다.

이번 일은 다른 나라에 알려지지 않도록 함구령이 내려졌다.

왕성 내부에서 두 번째 습격 사건이 벌어진 것은 상당한 추문이기 때문이다.

그러나 실버와 샤를을 자기 손주처럼 귀여워하는 예카테리나 씨에겐 알려주지 않을 수 없었다.

아니, 그 이외의 이유에서도.

“그럼 전하, 앞으로 어떡하실 생각이시죠?”

예카테리나 씨가 그렇게 말하며 오그를 보았다.

그 눈은『설마 이대로 실행범만 잡고 끝낼 생각은 아니겠죠?』하고 말하고 있었다.

평소 알스하이드 왕성에서 뛰어난 솜씨를 자랑하던 오그도 창신교 교황이자 이스 신성국의 국가원수인 예카테리나 씨의 눈빛에 압도된 듯했다.

"시, 실은 그 일로 예하께 부탁이 있습니다."

"부탁?"

"네. 이번 사건 조사로 대략적인 흑막은 알게 됐습니다. 다만 다른 나라라서 함부로 손을 댈 수가 없습니다."

"그렇겠네요."

"그러니 이스 신성국에서 개입해 주시면 안 될까요?"

"이스에서요?"

"네. 이번 흑막은 담 공화국의 지방 도시 선출 의원입니다. 그러나 다른 나라 사람인 데다 지위도 높으니 저희가 조사하거나 용의자 인도를 요구하면 전쟁의 불씨가 될 수도 있습니다."

오그가 그렇게 말하자 예카테리나 씨의 눈이 가늘어졌다.

"이스라면 전쟁이 일어나도 상관없다는 뜻인가요?"

뭐, 그런 반응을 보이겠지.

그러나 알스하이드가 그런 행동을 벌이면 곤란하지만 이스라면 괜찮을 것이라는 자신감이 있었다.

"아니요. 이스라면 전쟁이 벌어지지 않을 겁니다. 담은 창신교의 본산인 이스를 존경하고 있습니다. 전부터 국가로서는 대등할 터인데 이스에만 순종적이었습니다. 이번엔 그런 담의 국민성을 이용하고 싶습니다."

오그의 설명을 들은 예카테리나 씨는 이해했다는 표정이 됐다.

"흐음. 구체적으로는요?"

아, 아무래도 도와줄 것 같네.

"담은 지금 국가로서 위태로운 상황입니다. 급격한 공화정치로 전향한 부작용으로 여기저기서 문제가 발생하고 있습니다. 이제는 언제 폭동이나 혁명이 일어나도 이상하지 않을 정도이죠. 유혈 사태가 벌어지기 전에 담의 국가 주권을 빼앗았으면 합니다."

그날, 그 방에서 그 말을 들었을 때 그렇게까지 해야 하는 건가 싶었다.

그러나 오그는 담이 이런 상황이 된 것도 애초에 국가 운영 때문이라고 본다.

전에는 그런 문제가 일어나지 않았으니 이스의 개입으로 원래대로 되돌리려는 생각이다.

지방 의원 한 명을 처벌해도 지금의 체제가 이어지는 한 제3, 제4의 습격 사건이 벌어지리라.

완전히 침략 행위지만 그렇게 생각되지 않도록 이스의…… 예카테리나 씨의 힘을 빌리고 싶은 것이다.

한동안 생각에 잠겼던 예카테리나 씨가 천천히 고개를 들고 오그를 보았다.

"그래서, 그 후 담의 주권은 누가 쥐는 거죠?"

예카테리나는 웃는 얼굴이었지만 무척 무서웠다.

그 미소 앞에서 오그도 미소를 지었다.

"물론 이스에 부탁하고 싶습니다."

그 말을 들은 예카테리나 씨는 여전히 아까 그 미소를 유지했다.

"그렇군요. 알겠습니다. 나라의 재건을 이스에게 부탁하고 싶다는 거군요?"

"죄송하지만 부디 부탁드립니다."

그렇게 말하며 웃는 두 사람.

이거 뭐랄까…….

"……두 분을 보면 누가 악당인지 모르겠습니다……."

응, 나도 그렇게 생각해.

그나저나 담이라는 국가의 미래가 성의 회의실이 아닌 평민의 집 거실에서 정해졌다.

이래도 되는 걸까?

뭐, 보고서를 보면 담은 국가 존립이 슬슬 위험하니 마침 좋은 기회인지도 모르지.

전생이 민주 정치 나라였던 나도 이번 담의 민주화는 너무 성급하다는 인상을 받았다.

앞으로 민주화한다 해도 민중의 의식부터 바꾸지 않으면 어렵다고 생각하고, 애초에 민주화한다고 전부 행복해진다고 할 수도 없다.

실제로 군주제이지만 알스하이드처럼 민중까지 행복하게 사는 나라가 있으니까.

그나저나 담의 수상인 히이로 씨는 왜 이렇게 민주화를 서둘렀을까?

담에서 마인왕전역의 영웅이니 대중의 인기가 있었을 것이다.

대중에 인기가 있다면 그의 말에 귀를 기울이기 마련.

서두르지 말고 확실히 대중과 대화해 더 깊게 이해한다면 잘 풀렸을지도 모른다.

어째서 서둘렀을까? 그 점을 알 수가 없었다.

"왜 그러지? 신."

"신 군? 뭔가 의문이라도 있니?"

또 표정에 드러났는지 오그와 예카테리나 씨가 말을 걸었다.

"어, 아니, 방금 한 대화를 반대하는 건 아니야. 다만……."

"다만?"

"히이로 씨가 왜 그렇게 서둘렀는지 모르겠어서. 가능하면 직접 이야기해보고 싶었던 것뿐이야."

"그렇군."

뭐, 이건 그저 호기심.

반드시 해야겠다는 것은 아니다.

그런 것은 아니지만…….

“어머, 그럼 담에 갈 땐 신 군도 같이 올래?”

예카테리나 씨가 마치 같이 쇼핑하러 가자는 투로 가볍게 동행을 제안했다.

“어? 그렇게 간단히 정해도 되는 거예요?”

“상관없지. 왜냐하면…….”

예카테리나 씨는 거기서 싱긋 웃었다.

“아들이 엄마를 따라가는 건데 이상할 리 없잖아.”

“아들이 아니고 엄마도 아니고 이상한 것투성이라고요!”

왜 이 사람은 이렇게 완고하게 내 어머니가 되려는 거지?!

그리고 그렇게 말하니 샤를이 나와 예카테리나 씨가 함께 어딘가 가려고 한다며 소란 피우기 시작했다.

“아빠하고 할머니만 치사해! 샤를도 갈래!”

“뭐……?”

샤를, 아빠한테 같이 가자고 한 곳은 분위기가 밑바닥까지 떨어진 곳일 거야.

물건을 사러 가는 게 아니란다.

그렇게 필사적으로 설득했지만 샤를은 받아주지 않았다.

결국 나는 샤를과 예카테리나 씨, 그리고 실버까지 데리고 물건을 사러 가게 됐다.

가는 도중 샤를의 요청으로 디저트를 먹게 됐고, 거기서 예카테리나 씨를 할머니라고 부르는 바람에 알스하이드, 아니, 전 세계에 오해를 사고 말았다.

소문에 의하면 나는 예카테리나 씨의 숨겨둔 자식이라고.

그 오해는 아무리 부정해도 사라지지 않았고, 결국엔 사람들 인식에 고착되고 말았다.

이렇게 될 것을 우려하던 할머니가 크게 화를 냈지만, 발단이 샤를이라는 점, 내가 사회적으로 영향력이 있고 나를 이용하려는 사람이 없다는 점에서 예카테리나 씨는 목숨을 부지할 수 있었다.

뭐, 애초에 샤를이 예카테리나 씨를 할머니라고 부르게 된 건 예카테리나 씨의 끊임없는 인식 주입의 결과이니 할머니의 꾸짖음은 피할 수 없었지만.

간신히 용서받게 됐을 땐 울며 기뻐할 정도였다.

교황이면서…….

제4장

담 「공화국」의 종언

더욱 혼란스러워지는 담 공화국.

수상 집무실에선 담 공화국 초대 수상인 히이로 카툰이 골머리를 앓고 있었다.

연일 벌어지는 대중의 데모 행진.

관공서처럼 활용되고 있는 옛 왕성에 연일 투석.

심각할 땐 폭동이 일어나 상점 등이 습격당했다.

약탈당한 상점에서 항의가 들어왔고, 제대로 대처하지 않는 나라에 대중의 불만은 폭발 직전이었다.

거기다 최근엔 유독 몸 상태가 좋지 않았다.

때때로 온몸에 견디기 힘든 통증이 있었다.

원인을 알아보려고 의사에게 진단받았지만 몸에 이렇다 할 이상은 없다고 했다.

그럴 리 없다고 생각한 히이로는 추가로 몇 명인가의 의사에게 진단받았지만 결과는 마찬가지였다.

『신체에는 문제가 없다. 그런데도 이상을 느낀다면 마력에 문제가 있지 않을까?』

그것이 모든 의사들의 공통된 진단 결과였다.

그러나 마력에 문제가 있지 『않을까?』 하고 말할 뿐, 정확한 진단이 아니었다.

그렇게밖에 말할 수가 없었기 때문이다.

그리고 그 의사들은 한결같이 이렇게 말했다.

『얼티밋 매지션즈 대표 신 월포드나 성녀인 시실리 월포드에게 치료를 의뢰하는 것이 어떨까?』 하고.

히이로는 그것만큼은 절대로 피하고 싶었다.

신은 자신과 마찬가지로 전생자다.

그건 자신 있게 말할 수 있다.

이 넓은 세계에서 유일하게 서로를 이해할 수 있는 존재.

그러나 히이로는 신이 너무나도 싫었다.

증오한다 해도 좋을 정도로.

왜 신에게 그런 감정을 품었을까?

그 이유는 히이로의 성장 과정에 있었다.

히이로가 전생의 기억을 떠올린 것은 어렸을 때 술에 취한 아버지에게 폭행당해 생사를 헤맸기 때문이다.

어떻게든 죽지 않고 살아 돌아왔을 때, 자신이 이세계에 전생했다는 사실을 깨달았다.

그 사실을 깨달았을 땐 기뻤지만 이내 그런 마음이 사라졌다.

히이로가 태어난 집은 담의 평민 가정.

수입이 적고 취하면 어머니와 자신에게 폭력을 휘두르는

아버지.

늘 안절부절못하며 아버지의 안색을 살피는 어머니.

그리고 모처럼 마법이 있는 세계에 전생했는데 마력이 없었던 자신.

거기다 스테이터스도 볼 수 없었고 스킬도 없었다.

나름대로 문명이 발달했지만 전생에 비할 바는 아니었다.

마법을 쓸 수 없다면 차라리 예전 세계가 더 좋다고 생각한 히이로는 이내 절망하고 말았다.

그러나 지금 살아있는 이곳이 현실이다.

절망적인 세계라지만 죽고 싶지는 않다.

이런 세계를 살아가야만 한다.

다행인지는 몰라도 이 세계에는 마물이 존재한다.

그리고 마물을 사냥하는 헌터라는 직업도 있다.

이세계 전생 이야기의 정석이라 할 수 있는 모험가와는 다르지만 적어도 헌터가 되자고 결심한 히이로는 그날부터 검술 수행에 매진했다.

전생에선 진검을 본 적도 만져본 적도 없었지만 이 세계에선 평범하게 존재하고 평민도 소유할 수 있다.

그 사실에 스릴을 느낀 히이로는 검술에 몰두했다.

그렇게 검술에 매진하니 검술 사범으로부터 국가 기사단 시험을 보지 않겠냐는 권유를 받아 시험에서 통과해 기사가 됐다.

그때는 이 세계도 나쁘지 않다고 생각했지만…….

기사가 되고 몇 년 후, 대국 알스하이드 왕국에서 마인이 나타나 현자와 도사의 손자가 토벌했다는 소식이 전 세계를 휩쓸었다.

토벌한 사람의 이름은 신 월포드.

날이 지나면서 신의 다양한 정보를 알 수 있었다.

마법과 검술의 천재. 마도구 제작에도 재능이 있음. 사용하는 마법과 만드는 마도구는 일반 상식을 뒤엎는 것이 많다.

그리고 전 세계를 놀라게 한 각국을 연결하는 통신기도 발명했다고 한다.

그 말을 들었을 때 히이로는 확신했다.

신 월포드도 전생자라고.

그리고 알아보면 알아볼수록 자신과의 격차가 뚜렷해졌다.

신은 고아였지만 전 세계의 존경을 받는 현자가 거둬줬다는 것.

마법에 소질이 있어 현자가 직접 가르쳤다는 것.

도사로부터 마도구 제작의 노하우를 배웠다는 것.

검성이라 불린 남자에게 검술 지도를 받았다는 것.

현자와 알스하이드 국왕이 사제 관계이기에 어렸을 때부터 국왕과 교류가 있었다는 것.

그 인연으로 알스하이드 왕태자와 친하다는 것.

후에 성녀라 불리는 아름다운 여성과 사랑에 빠져 약혼했다는 것.

그 외에도 이래저래…… 신은 그야말로 이세계 전생의 정석대로 살아왔다.

그에 비해 자신은 어떤가?

부모는 건재하지만 술에 취하면 폭력을 쓰는 아버지에 든든하지 못한 어머니, 빈곤한 가정, 거기다 마법 소질도 없었다.

어째서?

똑같이 이세계에 전생했는데 어째서 이렇게 차이가 날까?

자신이 신의 입장이 되고 싶었다.

처음엔 그런 질투심이었다.

그런데 신은 그런 히이로의 심정을 알지 못한 채 계속해서 공적을 쌓았다.

그때마다 세간의 평가는 천정부지로 치솟았다.

이윽고 질투심은 증오가 되었다.

자신과 신의 차이는 무엇일지 진지하게 생각했다.

그 결과로 도출된 것이 마법을 쓸 수 있는지 아닌지의 차이뿐이라는 결론이었다.

어떻게든 마법을 쓰고 싶었던 히이로는 그 후로 마법사를 조사했다.

그리고 드디어 마법을 쓸 수 있는 사람과 없는 사람의 차이를 찾아냈고, 기초 마력량이 부족하다면 그것을 늘리면 된다는 결론에 도달했다.

그리고 히이로는 마법을 쓸 수 있게 됐다.

그 이후로 히이로는 빠르게 출세했다.

역시 자신과 신의 차이는 마법뿐이었다고 확신했다.

실제로 신과 마주했을 때 느낀 것은 연하의 애송이라는 것.

마법을 쓸 수 있게 된 시작 지점이 다를 뿐, 언젠가는 따라잡을 것이라고 생각했다.

그러나 그것만으로는 신에게 이겼다고 할 수 없다.

어떡하면 좋을까?

그때, 생각지 못한 형태로 기회가 찾아왔다.

새롭게 담의 왕이 된 남자가 야심이 너무 강한 사람이었다.

전란이 수그러들면 언젠가 세계에 칼을 들이댈 것이다.

그렇게 생각한 히이로는 남몰래 왕을 실각시킬 계획을 세웠고, 그렇게 되도록 왕을 부추겼다.

재밌을 정도로 히이로의 계획대로 놀아난 왕은 전란이 끝난 동시에 전 세계를 향해 반란을 일으켰다.

그리고 만반의 준비를 하고 기다리고 있던 히이로는 곧바로 왕에게 반기를 들었다.

그 결과로 왕족의 신뢰는 땅에 떨어졌고, 자신이 새로운 국가 원수가 될 수 있었다.

그것이 히이로의 절정기였다.

그때 신은 영웅으로 추대받는다지만 아직 학생이었다.

그러나 자신은 나라에서 제일 높은 국가 원수가 됐다.

이겼다고, 히이로는 그렇게 생각했는데…….

지금 눈앞에 닥친 상황을 본 히이로는 생각했다.

어째서 이렇게 됐을까?

무엇이 문제였을까?

생각 없는 왕족을 폐위하고 세계의 신뢰를 되찾은 것은 자신일 텐데 지금의 민중은 모두 자신을 증오한다.

외출했다간 호위병과 함께 폭도들에게 포위되기에 쉽게 밖으로 나갈 수조차 없다.

의원들은 자신이 하는 말을 조금도 듣지를 않는다.

어째서…… 어째서…….

그런 생각이 무한히 반복될 때였다.

집무실 문을 두드리는 소리가 났다.

또 시민의 항의가 들어왔나? 아니면 결국 폭동이나 혁명이 일어난 건가? 그렇게 생각하며 입실 허가를 내렸다.

"실례하겠습니다, 수상님. 손님이 찾아오셨습니다."

"손님? 그런 예정이 있었나?"

상황은 이래도 자신은 담의 국가 원수다.

갑자기 나타나 자신과 면회할 수 있을 리가 없다.

자신이 모른다면 눈앞의 비서관이 말하지 않았다는 뜻이다.

이 녀석까지 나를 우습게 보는 건가 싶어 분노로 눈앞이 캄캄해졌지만 비서관의 대답을 들으니 분노가 사그라들었다.

"아니요, 약속을 잡은 게 아닙니다. 방금 갑자기 찾아오셨습니다."
"뭐? 그럼 어째서 들여보내려는 거지?"
히이로는 분노는 사그라들었지만 약속도 잡지 않은 손님을 당당히 수상 집무실까지 데려오려는 비서관에게 다시 분노가 치밀었다.
그러나…….
"죄송하지만 저희로서는 그분의 방문을 거절할 수 없어서……."
"그분?"
비서관의 말로 보아 아무래도 거절할 수 없는 손님인 듯하다.
생각나는 손님이 없었던 히이로는 분노보다 당황이 더 강해졌다.
그때.
"실례하지. 슬슬 들어가도 괜찮을까?"
그런 말과 함께 하얗고 호화로운 옷을 입은 초로의 남성이 모습을 드러냈다.
"기, 기다리게 해드려 죄송합니다! 그럼 들어가십시오!"
비서관은 수상인 히이로의 승낙도 받지 않고 손님을 집무실 안으로 들여보냈다.
거기다 뒤통수가 보일 정도로 고개를 숙였다.
누구지?
이 비서관이 이렇게까지 예의를 차리는 상대가 누구일까?

그런 생각을 하고 있으니 초로의 남성이 방으로 들어왔다.

그리고 그 뒤를 따라 더 호화로운 하얀 옷…… 법의를 입은 여성이 들어왔다.

그 모습을 본 히이로는 숨이 턱 막혔다.

아는 모습이었다.

이곳 담에선 원래부터 국왕보다 존경받으며 발언력이 강했던 존재.

전생의 기억이 있어서 이쪽 세계 사람보다 관심이 낮았지만 담에 사는 이상 의식할 수밖에 없는 존재.

창신교 교황, 예카테리나가 수상 집무실로 들어왔다.

"갑작스러운 방문을 용서해 주세요, 카툰 수상님."

그렇게 인사하며 들어온 예카테리나.

그건 마치 아는 사람의 집에 연락 없이 놀러 왔을 때처럼 가벼운 태도였다.

"아, 아니요…… 황공합니다."

원래 담 수상은 국가 원수라서 이스 국가 원수인 예카테리나와 동격이다.

그러나 예카테리나는 일부러 그런 태도를 보였다.

자신이 위고 상대가 아래라는 것을 인식시키기 위해서였다.

그 생각대로 히이로는 윗사람처럼 행동한 예카테리나에게 아랫사람처럼 행동하고 말았다.

거기다 그것을 깨닫지도 못했다.

"오, 오늘은 어떤 용건이신지……."

잘못이 있다면 갑자기 방문한 예카테리나 쪽일 텐데 계속 해서 아랫사람처럼 행동하는 것이 그 증거다.

히이로의 질문을 받은 예카테리나의 눈이 가늘어졌다.

단지 그것만으로 히이로와 비서관은 등줄기가 오싹해졌다.

"용건이라…… 어느 정도 알고 있지 않나요?"

예카테리나의 말에 히이로는 동요했다.

짐작되지 않을 리가 없다.

예카테리나는…… 이스는 담의 지금 상황을 좋게 보지 않는다.

통치에 실패한 히이로를 인정하지 않는다는 것을 예카테리나의 말을 듣고 이해했다.

히이로는 이대로 가면 시민이 폭동이나 혁명을 일으키지 않을까 걱정했다.

그러나 설마 이스가 움직이고 교황이 나설 줄은 예상하지 못했다.

어떡하지? 어떡하지? 히이로는 수상의 자리가 예카테리나의 손에 달린 것처럼 느껴졌다.

그것을 옆에서 지켜본 비서관은 생각보다 빨리 히이로가 실각할 것 같아 내심 기뻐했다.

히이로가 실각하면 다음 수상은 자신이다.

그렇게 생각했다.

그러나 예카테리나의 입에서 나온 말은 히이로와 비서관에게 예상 밖의 내용이었다.

“담의 지금 상황은 지켜만 볼 수 없어요. 새로운 통치 방법을 시험한 거겠지만 이러면 확실히 실패했다고 말할 수밖에 없겠네요.”

“…….”

히이로는 당황했다.

자신이 수상에 어울리는지 묻는 발언이 아니다.

오히려 담의 지금 형태 그 자체에 관한 발언이었다.

설마…… 설마…….

“이대로 다른 사람이 수상이 된다 해도 정치 형태 그 자체가 바뀌지 않으면 아무것도 변하지 않을 테죠. 따라서 담의 정치 형태를 예전의 군주제로 돌리겠습니다. 귀족 지위를 박탈당한 귀족들도 예전의 지위로 되돌립니다. 잇따른 정치 체제 변경에 따른 혼란을 피할 수 없을 테니 한동안 이스 신성국이 정치에 개입하겠습니다. 이것은 이스뿐만 아니라 주변 제국 전체의 뜻입니다. 아시겠죠?”

그것은 제안이 아닌 결정사항 통지였다.

거기다 이스뿐만 아니라 주변 제국 전체의 뜻이라고 한다.

예카테리나 옆에 서 있던 초로의 남성…… 추기경인 그가 그 합의 문서를 제시하자 히이로의 얼굴이 창백해졌다.

그러나 그 합의를 받아들일 수 없었던 쪽은 비서관이었다.

"그럴 수가! 이건 횡포입니다! 애초에 우리 담은 주권 국가! 다른 나라가 개입할 순 없습니다!"

주권 국가로서는 다른 나라가 정치에 개입하는 것을 절대로 허락해선 안 된다.

그것을 허락하면 식민지나 다름없다.

이럴 순 없다며 비서관이 소리 높여 발언했지만 예카테리나를 비롯한 이스 사람들은 여전히 차가운 표정이었다.

"그렇군요. 하지만 이걸 보고도 그렇게 발언할 수 있나요?"

예카테리나는 그렇게 말하고 추기경에게 다른 서류를 보여주도록 지시했다.

히이로는 정신이 나간 듯 움직이지 않았기에 비서관이 서류를 받아 내용을 확인하고는 눈이 휘둥그레졌다.

"담의 민주화에 따라 의원이 된 자들의 범죄 증거입니다. 그중엔 착실하게 일한 사람도 있는 듯합니다만…… 그게 소수파라는 건 좀 너무한 것 아닌가요?"

예카테리나의 말도 서류를 읽느라 정신이 없는 비서관에게 들리지 않았다.

"이것이 담 국내만의 이야기라면 딱히 개입할 생각은 없었습니다. 하지만 그 피해가 다른 나라에까지 영향을 주고 있습니다. 이제는 모든 나라가 이 이상 담을 방치하는 것은 좋지 않다고 판단했습니다. 이해하셨나요?"

담의 의원들은 범죄 사회와 연관이 있는 인물, 혹은 범죄 조직의 인물인 경우가 많다.

전에는 국가 권력 덕분에 숨어서 활동했지만 이제는 떵떵거리며 활동할 수 있게 됐다.

범죄에 물든 인간이 권력까지 쥐게 된 결과, 다른 나라에 손을 뻗기 시작했다.

국제 문제가 될 수 있다는 생각도 하지 않고서.

그 결과, 주변 국가는 담을 방치하는 것은 위험하다고 판단했다.

특히 두 번이나 왕태자비 암살 위기에 처했던 알스하이드의 분노는 굉장했다.

아우구스트는 알스하이드 왕성에 숨어든 범인을 포박한 뒤 이번 일을 진행하기 위해 바로 담으로 진입하지 않았다.

그리고 계획대로 예카테리나와 주변 제국의 왕들도 아우구스트의 계획에 동의.

그 결과 이렇게 예카테리나의 긴급 방문이 결정됐다.

그런 증거를 내밀어도 비서관은 포기하지 않았다.

"하, 하지만! 이건…… 이런 건 인정할 수 없습니다! 여러분껜 우리나라에 간섭할 권리는 없습니다!"

그것은 국가로서 당연한 주장이었다.

그러나 이제는 그런 단계가 아니었다.

"그렇군요. 그 말은 주변 제국과의 전쟁을 희망한다는 뜻으로 받아들여도 되나요?"

그 말을 들은 비서관과 지금까지 멍하니 있던 히이로가 경악했다.

"저, 전쟁?!"

"무, 무슨 말씀입니다?!"

갑자기 터무니없는 요구를 하는가 싶더니 그것을 거부하면 전쟁이라고 협박한다.

히이로와 비서관은 아무리 그래도 말도 안 된다고 주장했다.

그러나…….

"그게 싫으면 주권 포기에 동의하세요. 이건 온정입니다. 주변 제국 중에는 지금 당장이라도 공격해야 한다고 주장하는 분도 계시니까요."

그 필두가 알스하이드 국왕 디세움이다.

두 번이나 왕태자비를 암살하려 했으니 그 분노가 상당했다.

그것을 간신히 진정시키고 이렇게 제안하러 왔다고 설명하자 두 사람도 예카테리나의 이야기를 받아들였다.

강경 수단에 나서지 않게 되어 다행이라고 예카테리나 씨가 말했을 때 히이로와 비서관의 등줄기가 오싹해졌다.

왜냐하면 그렇게 말한 예카테리나 씨의 눈이 사실은 침공해 담을 재로 만들고 싶었다고 말하고 있었기 때문이다.

이렇게 담의 주권은 일시적으로 이스의 손에 넘어갔다.

순식간에 수상의 자리에서 쫓겨난 히이로는 고작 몇 분만에 몇 년이나 나이를 먹은 것처럼 보였다.

그리고 어째서냐고 중얼거리기 시작했다.

그런 히이로를 동정하듯 바라보던 예카테리나가 문뜩 시선을 뒤로 돌렸다.

"어쩔래? 이야기해볼래?"

직전까지의 위엄 넘치는 태도가 아닌, 어디까지나 친근한 사람을 대하듯 누군가에게 말을 걸었다.

창신교 교황이 가볍게 말을 거는 상대? 누구지? 그렇게 생각한 히이로는 예카테리나의 뒤로 시선을 돌렸다.

그리고 눈에 들어온 것은…… 히이로가 세상에서 제일 증오하는 인물.

신 월포드가 있었다.

이 녀석은…… 창신교 교황까지 길들였나. 그리고 이 주권교대 촌극은 이 녀석이 꾸민 짓인가, 그렇게 착각하고 말았다.

"저기, 오랜만입니다, 히이로 씨. 신 월포드입니다."

사람 속도 모르고 그렇게 말한 신에게 히이로는 분노로 미쳐버릴 것 같았다.

"저기, 꼭 히이로 씨에게 여쭙고 싶은 게 있어서…… 괜찮을까요?"

"……뭐지?"

화는 났지만 지금 이곳엔 예카테리나가 있었다.

간신히 분노를 억누른 히이로는 우호적이라 할 수 없는 음색으로 답했다.

그때 신은 역시 화났구나 생각하면서도 모처럼 질문을 받아주겠다고 하니 계속 궁금했던 질문을 했다.

"저기, 어째서 이렇게 서둘러 민주화를 진행하신 거죠? 히이로 씨는 마인왕전역에서 담의 영웅이셨잖아요. 시간을 들이면 더 잘 풀렸을 것 같은데……."

눈앞의 애송이가, 지금까지 아무런 고생도 하지 않았을 이세계 전생 치트 이야기의 주인공인 이 애송이가 다 안다는 듯이 떠든다.

신의 말에 히이로는 결국 격분했다.

『네가 뭘 안다고! 넌 좋겠네! 보나마나 전지전능한 유일신으로부터 치트 같은 걸 받았겠지?! 아무것도 받지 못한 내게 무슨 불만이 있는데?! 치트 하나 받지 못한 내가 널 이기려면 수상이 될 수밖에 없었어! 기회는 그때뿐이었다고!』

너무나도 격앙한 히이로는 눈앞에 있는 사람이 전생자인 신이기에 자신도 모르게 일본어로 외쳤다.

그 말을 들은 모두가 어리둥절했지만, 신만큼은 눈이 휘둥그레지고 놀랐다.

"……죄송해요. 오그만 남고 다른 분들은 잠시 자리를 비워주시면 안 될까요?"

신은 자신이 전생자라는 걸 알고 이번에 동행한 아우구스트만 남고 자리를 비워달라고 부탁했다.

당연히 예카테리나는 의아해했다.

"전하만? 어째서?"

"그건…… 죄송해요, 나중에 집에서 이야기할게요."

"그래…… 알았어. 자, 같이 나가죠."

예카테리나는 어리둥절해하는 비서관에게 말을 걸고 방에서 나갔다.

문이 닫히는 걸 확인한 신은 히이로에게 말했다.

『히이로 씨…… 전생자였군요.』

그 말은 히이로따윈 안중에도 없었다는 증거였다.

자신은 이렇게나 신을 의식하고, 질투하고, 증오했는데 정작 신은 안중에도 없었다.

"신, 혹시……."

아우구스트는 신과 히이로의 대화를 이해할 수 없었지만 상황을 보고 눈치챘다.

"그래, 히이로 씨도 전생자야."

"……그렇군."

신의 말을 듣고 아우구스트는 많은 것을 이해한 모양이었다.

"히이로 씨, 죄송하지만 일본어는 오그가 모를 테니 이쪽 언어로 이야기할게요."

"흥! 대국의 왕태자 전하와 사이좋다고 자랑하는 거냐?! 치트꾼 주제에 아주 잘나셨구먼!"

그 말에 화가 난 히이로는 자신도 모르게 신의 말을 받아쳤다.

"저는 치트를 받은 적 없어요."

"헛소리하긴! 절대적인 존재로부터 치트를 받지 않으면 최강이 되어 예쁜 아내를 얻고, 거기다 대국의 왕족과 친해질 리가 없잖아! 전부 치트 덕분이면서!"

히이로는 분노한 나머지 눈에 핏발을 세우고 침을 튀겨가며 외쳤다.

히이로가 그런 착각을 하고 있다는 사실을 알게 된 신은 잘못된 정보를 수정하려고 이야기했다.

"정말이에요. 저는 유일신을 만나 본 적 없고 치트도 받지 않았어요. 당연히 스테이터스도 볼 수 없고 스킬도 없어요. 치트라면 할아버지와 할머니의 인맥뿐이에요."

"뭐?! 이런 상황에도 그런 헛소리를 하는 거냐?!"

"거짓말이 아니에요. 그럼 히이로 씨, 당신은 스테이터스를 볼 수 있나요?"

"……볼 수 없어."

"그렇겠죠. 그런 건 없어요. 제 힘은 전부 제가 노력해서 손에 넣은 힘이에요. 누군가에게 받은 힘이 아니에요."

신은 그렇게 말하며 치트는 히이로의 착각이라고 설명했지만, 히이로는 그 말을 받아들이려 하지 않았다.

"경우가 다르잖아! 네가 얼마나 축복받았다고 생각하는 거지?! 그리고 내가 얼마나 운이 없었는지 알아?! 같은 전생자인데 왜 이렇게나 경우가 다른 거냐고?! 이상하잖아!"

"이상할 것 없다."

격앙된 히이로의 말을 아우구스트가 단칼에 잘랐다.

"뭐? 무슨 소리야? 역시 좋은 환경에서 자라신 왕자님은 아무것도 모르는군!"

다른 나라의 왕태자를 상대로 상당히 불손한 태도였지만 이미 수상에서 잘리고 자신이 만든 정부를 부정당해 될 대로 되라는 심정이 된 히이로는 아우구스트에게 소리쳤다.

그러나 아우구스트는 안색 하나 바뀌지 않고 말했다.

"확실히 나는 왕족으로 태어났다. 축복받은 환경에서 자란 건 분명하지. 하지만 전혀 노력하지 않았다고 생각하나?"

"뭐? 그딴 걸 어떻게 알아?!"

히이로의 말에 아우구스트는 한숨을 쉬며 어깨를 으쓱였다.

"모르면서 비판하는 건가."

"……!"

확실히 그 말이 맞기에 히이로는 반론할 수 없었다.

"무슨 얘기였지…… 아, 경우가 다르다는 이야기였지. 그거야 당연하잖아. 나처럼 왕족으로 태어나는 사람도 있으면 귀족으로 태어난 사람도 있지 평민으로 태어난 사람이 압도적으로 많고 그중에서도 유복한 가정, 빈곤한 가정, 부모에게 사랑받는 가정, 사랑받지 못하는 가정도 있다. 부모가 없는 아이도 있지. 이 세상에 진정한 평등은 존재하지 않는다."

그렇게 단언한 아우구스트에게 히이로는 이번에도 반론할

수 없었다.

"네가 어떤 환경에서 자랐는지 모르겠고 흥미도 없다. 중요한 건 그 환경에서 어떤 노력을 했는지야. 나는 왕이 되기 위해 다른 사람의 몇 배는 공부했다고 자부한다. 너는 어떻지?"

그 말을 들은 히이로는 아우구스트에게 압도되면서도 말했다.

"나, 나도! 어렸을 때부터 열심히 검술을 연마했어! 그래서 기사가 됐다고! 노력했단 말이다!"

"그럼 그걸로 충분한 것 아닌가? 환경이 다르다고 신을 질투할 필요가 어디에 있지?"

"모처럼 이세계에 전생했다고! 나도 마법을 쓰고 싶었어! 그런데 내겐 그 재능이 없었는데 저 녀석에겐 차고 넘칠 정도의 마력 재능이 있었어! 불공평하잖아?! 부럽잖아?! 질투하는 게 당연하잖아!"

그런 히이로의 말에 신과 아우구스트는 깜짝 놀랐다.

히이로는 검과 마법을 사용해 군의 최정상에 올랐다고 들었다.

『검과 마법』이다.

"너, 설마 마법을 쓸 수 없었나?!"

아우구스트가 경악하며 그렇게 묻자 히이로가 히죽 웃었다.

"그래. 하지만 나는 마법을 쓸 수 없는 사람이 쓸 수 있게 되는 방법을 알아냈지! 너희가 모르는 방법이야! 나는 너를 뛰어넘었다고!"

그렇게 외친 히이로의 마력이 점점 불안정해졌다.

"왜 그런 짓을! 히이로 씨, 그건, 그것만큼은 해선 안 되는 일이라고요!"

"왜, 질투나? 네가 모르는 방법을 아는 나한테 질투하는 거야?"

당황하는 신을 본 히이로가 히죽거렸지만, 자신의 질문에 답한 신의 말에 눈이 휘둥그레졌다.

"마석 가루를 먹었죠?! 그것만큼은 해서는 안 되는 일이라고요! 우리는 그 일을 저지른 인간의 말로를 알아요!"

자신만 아는 방법을 신이 알고 있었다.

드디어 신에게 이겼다고 생각했는데, 그것조차 신은 이미 알고 있었다.

그 사실에 히이로의 증오는 더욱 커졌다.

"아아, 미워…… 왜 내가 아닌 거지? 네가 밉다! 미워, 미워, 미워, 미워!"

그렇게 외칠 때마다 일그러진 마력이 검게 변해갔다.

히이로의 분노와 증오가 커질수록 마력이 검게 변하는 것이 보였다.

그것을 본 신과 아우구스트는 모든 것을 이해했다.

"분노가…… 증오가 마력을 변질시킨 건가……."

"어쩐지…… 마인이 된 인간이 분노와 증오를 퍼뜨린 이유

가 있었군. 그것이 바로 마인화의 원인이었던 거다."

신과 아우구스트는 눈앞의 광경을 보고 그렇게 말했다.

그렇다. 결국 눈앞에서 벌어지고 말았다.

히이로의 마인화가.

◆

어째서 이렇게 됐지?!

나는 히이로 씨에게 민주화를 서두른 이유를 묻고 싶었던 것뿐인데, 히이로 씨는 어째서인지 나를 적대하고 있었고 분노한 끝에 마인이 되고 말았다.

원래 마석 가루를 먹은 시점에 그렇게 될 가능성이 있었지만 마인화하기 전에 히이로 씨의 분노와 증오의 감정에 비례하듯 마력이 시커멓게 변했었다.

그것이 방아쇠를 당겼을 것이다.

분노와 증오가 마인화의 열쇠라면, 예상은 했었지만 이렇게 눈앞에서 보고서 확신했다.

즉…… 히이로 씨는 마석 가루를 먹어 가뜩이나 마력이 불안정했는데 나를 향한 분노와 증오로 마인화한 것이다.

"……내 탓인가?"

"녀석의 자업자득이지. 신경 쓸 것 없다."

오그는 신경 쓰지 말라고 하지만 일방적으로 적대하고 미워하는 걸 보니 꽤 충격이었다.

내가 어떻게 할 수 있는 것도 아닌 일로 미워해도…….

그렇게 약간 풀이 죽어 있으니 집무실 문이 벌컥 열렸다.

"이 이상한 마력은 뭐지?!"

그렇게 말하며 이스의 호위 기사가 들어와 마인화한 히이로 씨를 보고서 눈이 휘둥그레졌다.

"뭐?! 마인?!"

"방에서 나가! 죽는다!"

호위 기사들이 마인이 된 히이로 씨를 보고 멈칫했기에 오그가 곧바로 방에서 나가도록 지시했다.

마인왕전역 이후 그리 오래 지나지 않았기에 아직 마인의 공포를 기억하는 사람이 많아 다행이었다.

만약 마인의 공포를 모르는 세대였다면 그대로 돌격했을지도 모른다.

"신! 되도록 건물을 망가뜨리지 말고 토벌할 수 있나?!"

"상대는 군인 출신이야! 장담할 순 없어!"

그렇게 말하면서도 나는 최대한 이 건물에 피해가 생기지 않도록 바이브레이션 소드를 꺼냈다.

그리고 마인화한 히이로 씨와 대치했는데…….

"크…… 아아아! 신…… 월포드!"

"뭐?! 말했어?!"

"이성이 남는 패턴인가?!"

마인화한 히이로 씨가 말을 했다.

설마…… 슈투름처럼 이성이 남아있는 건가?!

그렇게 되면 큰일이다. 이성이 있는 마인에게 상당히 애를 먹었기 때문이다.

일단은 신중하게. 건물 피해를 고려했다간 놓칠 수도 있으니 최악의 경우 건물을 포기하자.

그렇게 생각하고 바이브레이션 소드를 들었다.

"으윽, 아아아아!"

히이로 씨는 그렇게 외친 후 실내인데도 마법을 사용했다.

"쳇!"

뒤에는 예카테리나 씨를 비롯한 이스 사람들이 있다. 피하면 뒤쪽에 피해가 생길 테니 그럴 수 없다.

"내가 장벽을 펼치지! 너는 접근해서 빠르게 히이로를 처리해!"

"알겠어!"

오그의 말을 믿고 나는 마법을 피해 돌진했다.

그 후 뒤에서 오그가 전개한 마력 장벽에 마법이 막힌 것을 알 수 있었다.

그리고 그 여파로 시야가 차단됐다.

"어디냐?! 월포드!"

히이로 씨는 연막 때문에 나를 놓친 듯했다.

아무래도 슈투름에 비하면 상당히 어중간하게 이성이 남

은 것 같다.

마법사라면 당연히 할 수 있는 색적 마법으로 탐색하지 않는다.

그렇게 세밀한 일은 할 수 없는 걸까?

아니면 마력에 눈을 뜬 것이 최근이라 그런 전법을 모르는 걸까?

어쨌든 이건 좋은 기회다.

나는 나를 놓친 히이로 씨의 뒤로 돌아들어 그대로 바이브레이션 소드를 휘둘렀다.

"아……."

히이로 씨의 마지막 말은 그것뿐이었다.

마법의 여파로 피어오른 안개가 걷히니 목이 떨어진 히이로 씨의 시신이 쓰러져 있었다.

"이건…… 대체 무슨 일이 있었던 거죠?"

갑작스러운 일에 피하지도 못했던 예카테리나 씨가 난처해하며 물었다.

그나저나 이런 상황에서 난처해할 뿐이라니.

그러고 보니 예카테리나 씨는 예전에 할아버지, 할머니와 함께 마물을 토벌하며 여행했었다고 말했다.

유혈 사태에 익숙한 듯하다.

나는 예카테리나 씨에게 히이로 씨가 마인화했다는 것과 그 경위를 설명했다.

그 말을 들은 담의 비서관은 얼굴이 창백해지고 몸을 바르르 떨었다.

언제 마인이 되어도 이상하지 않은 인물 옆에 계속 있었으니 일반인이라면 무서운 게 당연하겠지.

그나저나…… 설마 여기서 마인화에 관한 확증을 얻을 수 있을 줄은 몰랐다.

마석 섭취도 그렇지만 막대한 마력을 지닌 사람이 분노와 증오를 극도로 폭발했을 때 마인화가 일어난다.

아마 분명할 것이다.

다만 어째서 이성이 사라지거나 남는지는 상상할 수밖에 없다.

아마 분노와 증오가 개인이나 특정 대상을 향하면 이성이 남고, 특정 대상이 없이 주위에 퍼뜨릴 뿐이면 이성이 사라지는 게 아닐까?

이에 관해선 실험을 할 수 있는 사항이 아니니 정말로 상상에 불과하다.

어쨌든 히이로 씨의 마인화는 비밀에 부치기로 정해졌다.

담의 주권을 양도하게 되어 여러 문제에 직면할 것을 고려해 이대로 모습을 드러내지 않고 조용히 물러나게 됐다……는 식으로 설명하는 편이 좋을 거라고 판단했기 때문이다.

가뜩이나 앞으로 혼란이 일어날 것이 예상되는데, 수상이 마인이 됐다는 불필요한 정보로 혼란을 가중시킬 필요는 없으니까.

이렇게 담의 주권을 손에 넣은 예카테리나 씨는 비서관에게 말했다.

"그럼 이제부터 국가를 정상으로 되돌리죠."

"……."

"하지만 그러기 전에."

예카테리나 씨는 그렇게 말하고 생긋 웃었다.

"왜, 왜 그러시는지?"

그 미소에 비서관이 겁에 질렸다.

아까도 미소를 지은 채 무서운 요구를 했었으니까.

경계하는 것도 당연하다.

그리고 그 경계는 아마도 틀리지 않았을 것이다.

"대청소를…… 아니요, 해충 구제를 해야겠죠?"

웃는 얼굴로 또 무서운 말을 꺼냈으니까.

◆

"와, 무서웠어……."

"그렇게 무서웠어?"

지금 나는 담의 비리 범죄 의원 체포를 위한 작전 회의에 참석했다.

아까 예카테리나 씨의 모습을 떠올리고 무심코 중얼거리

니 옆에 있던 토니가 궁금한 표정을 했다.

그렇구나, 토니는 예카테리나 씨가 생글거리는 모습만 봤으니까.

"그야 당연히 생긋 웃으면서 『해충 구제』를 하겠다니까. 구제되는 비리 범죄 의원들이 좀 불쌍할 지경이야."

"그렇구나."

일반적으로 예카테리나 씨는 종교의 수장이니 자상하고 자애로운 사람이라는 인상이 강하지만 창신교 교황은 이스 신성국의 수장이기도 하다.

자상함과 엄격함을 동시에 갖고 있지 않으면 안 되겠지.

그리고 종교는 자상함만 있는 것이 아니다.

죄를 저지르면 대부분의 종교에선 지옥에 떨어진다.

그 지옥의 괴로움은 어느 교의든 상당히 무서운 게 많다.

나쁜 짓을 저지르면 이런 꼴을 당하니 착실하게 살자는 교훈이겠지만.

"그런데 지금부터 각 도시의 범죄 의원을 체포하러 갈 건데, 의원은 그 도시의 수장이잖아? 얌전히 붙잡힐까?"

"분명 저항하겠지. 지금부터 잡으려는 건 범죄 조직과 연관이 있는 인물들이니까."

"그렇겠지? 만약 우리의 명분…… 담의 주권이 이스에 양도됐다는 걸 믿지 않는다면 어떡해야 돼?"

"그야 물론 강경 수단으로 나서세요."

"""……!"""

나와 토니가 이야기하고 있을 때 갑자기 예카테리나 씨가 끼어들었다.

언제 온 거지?

"이쪽에서 죄목이 적힌 체포장, 담에서 발행한 위임장을 준비했습니다. 이걸 보고도 저항한다면……."

거기까지 말한 예카테리나 씨가 생긋 웃었다.

"아, 알겠습니다. 빠르게 체포하겠습니다."

"잘 부탁해요."

예카테리나 씨는 미소 지으며 그렇게 말한 뒤 다른 곳으로 이동했다.

"무, 무서워……."

"내 말 맞지?"

"응…… 여성의 미소가 저렇게 무섭다는 건 처음 알았어……."

"그래? 너라면 지금까지 많이 경험하지 않았어?"

"어? 언제 왔어, 제니스 부인."

내가 놀리듯 그렇게 말하자 대화 도중 끼어든 제니스 부인…… 마리아의 얼굴이 새빨개졌다.

"시, 시끄러워! 그렇게 부르지 마!"

"어? 하지만 사실이잖아, 제니스 부인."

"맞아. 왜 그래? 제니스 부인."

"너, 너희 진짜……."

카르타스 씨와 신혼인 마리아는 아직 자신의 성이 바뀐 것과 『부인』이라고 불리는 것이 어색했다.

그래서 사실이라지만 『제니스 부인』이라고 부르면 크게 부끄러워했다.

그게 재밌어서 자꾸 놀리게 되지만, 계속했다간 마리아가 폭발할 것 같으니 이쯤에서 그만둘까.

"이번에 마리아도 참가하는구나. 신혼인데 괜찮아? 어쩌면 유혈 사태가 벌어질지도 모르는데."

"갑자기 말 돌리네…… 딱히 상관없어. 결혼하든 말든 나는 변함없으니까. 그것보다 엘리와 시실리를 노린 놈들을 용서할 수 없어."

친구들을 해치려 한 악당을 향한 마리아의 분노가 상당했다.

눈앞에 있으면 목 졸라 죽일 것만 같았다.

"……말해두겠는데 이번엔 체포야. 상대는 마인이 아닌 인간이고. 힘 조절해야 해."

"알고 있어. 뭐, 어쩌면 깜박 실수할 수도……."

"실수 없도록 부탁해!"

"칫…… 알겠어."

……왜 마리아가 악당 같은 얼굴로 혀를 차는 걸까.

무섭다고. 왜 내 주변 여자들은 이렇게 무서운 거야?

"마리아 양이 화가 많이 났습다."

"그러게. 그보다 너도 화나지 않았어? 마크."

"그야 당연히 화나죠. 맥스의 목숨을 노렸으니까요. 화나지 않을 부모가 어딨겠습까?"

평소 자주 웃는 마크도 이번만큼은 상당히 무거운 표정이었다.

마크에게도 확실히 말해둬야겠네.

"그보다 월포드 군이 침착한 게 신기하네. 더 화낼 줄 알았어."

그렇게 말하며 린도 대화에 끼어들었다.

"화났어. 하지만 오그와 얘기해서 죽는 것보다 더 고통스럽게 만들겠다고 마음먹었거든. 간단히 죽으면 곤란해."

내가 그렇게 말하자 토니와 마크가 식겁했다.

린은 어째서인지 엄지를 들었다.

"아무래도 긴장하진 않았나 보군."

그런 대화를 나누고 있으니 오그도 회의실에 들어왔다.

지금 이곳 담 성의 회의실에 오그, 예카테리나 씨, 얼티밋 매지션즈의 행동 가능 인원(새내기는 제외), 각국에서 선발한 정예 대원들이 집결했다.

지금부터 담의 해충…… 비리 범죄 의원을 일제히 체포한다.

"먼저 각 도시 담당의 책임자를 얼티밋 매지션즈 여러분께서 맡아주세요. 각 도시 당 한 명씩. 반대하시는 분?"

예카테리나 씨가 회의실을 둘러봤지만 아무도 반대하지 않았다.

"좋습니다. 그럼 책임자에게 각 도시 의원의 죄목이 적힌 체포장을 건네드릴게요. 그리고 담의 전권을 이스에 위임한다는 위임장도요. 이걸 보고 얌전히 체포된다면 좋고, 만약 저항한다면 죽지 않을 정도로 제압해도 상관없어요."

"체포할 땐 이 수갑을 사용하도록. 알스하이드에서 쓰는 물건인데, 다루기 좋지."

오그가 그렇게 말한 뒤 자신의 이공간 수납에서 대량의 수갑을 꺼냈다.

이쪽 세계에선 체포할 때 밧줄로 묶는 것이 보통이다. 그것을 본 나는 비효율적이라고 생각해 수갑을 만들었다.

당연히 전생의 기억을 활용했다.

이것을 만들었을 때 경비대원들이 무척 고마워했다.

각국의 정예 대원들도 알스하이드의 수갑을 보고서 감탄했다.

개중에는 오그에게 자기네 부서에서도 이걸 쓰고 싶으니 나중에 샘플을 받을 수 있는지 교섭하는 사람도 있었다.

그건 그렇고 이번 작전은 각 도시를 단번에 제압하는 일이다.

이것은 내 탓이기도 한데, 알스하이드에선 고정 통신기가 일반 가정에도 보급됐다.

그리고 그것은 외국도 마찬가지.

지금은 모든 가정에 고정 통신기가 한 대씩 있다.

영주의 저택도 그렇다.

담의 정치 형태는 전생과 조금 달라서 각 도시의 대표를 선거로 선출한다.

그리고 그 도시에서 선출된 의원이 그대로 영주가 된다.

지사라든가 지방 의원 같은 제도는 아직 완성되지 않았다.

이런 점이 엉성하다니까.

그 결과로 선출된 의원이 각 도시에서 절대적인 권력을 지니게 됐으니까.

그런 도시를 하나씩 처리하면 고정 통신기로 순식간에 정보가 퍼질 테니 도망치는 사람도 있을 것이다.

그것을 막기 위해 각 도시를 일제히 검거하게 됐다.

"그럼 각자 담당하는 도시를 확인한 후, 강습반끼리 집합. 신호와 함께 책임자는 게이트를 열고 단번에 제압하세요. 아시겠죠?"

『네!』

예카테리나 씨의, 조용하면서도 확고한 말에 모두가 일제히 대답했다.

"그럼…… 작전 개시! 게이트를 여세요!"

호령이 떨어지자, 우리는 각 도시로 게이트를 열었다.

얼티밋 매지션즈의 활동으로 각 도시에 간 적이 있어서

다행이었다.

덕분에 이번에 이렇게 원활하게 작전을 실행할 수 있으니까.

그렇게 열린 게이트를 향해 정예 대원들이 돌진했다.

마지막으로 나도 게이트를 넘었다. 게이트를 닫아야 하니까.

게이트를 닫은 나는 그대로 영주관의 문으로 향했다.

그곳엔 갑자기 나타난 대량의 병사를 본 문지기가 떨고 있었다.

“우리는 담 수상으로부터 전권을 위임받은 담 잠정 정부 사람이다! 오늘부로 의원 제도는 폐지! 따라서 특권도 전부 박탈됐다!”

나는 그렇게 말하고 억지로 문을 지나려 했다.

그러자 겁에 질렸던 문지기가 다급히 내 앞을 가로막았다.

“뭐지?”

“아니, 갑자기 그런 말을 해도 믿을 수가 없잖아!”

“이게 그 위임장이다! 시간이 없다, 자세히 보고 싶으면 끝난 후에 봐!”

“뭐?!”

“간다!”

“자, 잠깐만!”

이건 범죄자 체포이니 나는 일부러 거만하게 행동했다.

예상대로 문지기는 그 기세에 떠밀려 정예 대원들의 침입을 간단히 허락하고 말았다.

다급히 뒤를 따라오지만 이미 늦었다.

나는 뒤에서 뭐라고 소리치는 문지기를 무시하고 영주관 문을 힘껏 걷어찼다.

"뭐?! 무슨 일이야?!"

영주관 안에는 도저히 공무원으로는 보이지 않는 사람들로 가득했다.

정말로 의원이라는 입장을 사적으로 유용했구나. 이러니 나라가 황폐해지지.

"우리는 담 잠정 정부 사람이다! 오늘부로 담의 전권은 우리에게 위임됐다! 따라서 위원 제도 폐지, 특권도 전부 폐지된다! 또한!"

나는 갑자기 나타나 당황한 건달들에게 반론의 여지를 주지 않기 위해 단번에 말했다.

"이곳 의원에겐 많은 죄목으로 체포장이 나왔다! 얌전히 있어!"

내가 소리 높여 외치자 처음엔 어리둥절하던 건달들이 점점 화내기 시작했다.

"갑자기 나타나서 무슨 헛소리야?! 얘들아, 없애라!"

『네!』

아, 잘 부추겨진 모양이라 다행이다.

이곳에 모인 건달들의 체포장까지는 준비하지 못했다.

따라서 강제로 체포할 수 없다.

그래서 나는 그들을 부추겨 공무 집행 방해죄로 체포하기로 했다.

일반 시민에겐 상당히 위압적인 그들도 나와 전투의 프로인 정예 대원들을 당해낼 수 없다.

"이거나 먹어라!"

건달 한 명이 허리에 찼던 검을 들고 내게 휘둘렀다.

그래봤자 전투 훈련을 받은 적 없는 건달의 검이다.

확실히 말해 너무 느리다. 아슬아슬하게 피할 여유조차 있었다.

"잡았다!"

아슬아슬하게 피했기에 나를 벴다고 생각했는지 건달이 그렇게 외쳤지만 검은 그대로 바닥을 내리쳤다.

"으앗!"

무슨 소재인지는 모르겠지만 바닥이 아주 단단했다.

그런 바닥을 갑자기 힘껏 내리치면 검을 든 손이 충격을 받는다.

예상대로 건달은 바닥을 내리친 충격으로 검을 떨어뜨렸다.

"……아, 큭!"

검을 떨군 건달의 복부에 레프트 보디 훅을 날렸다.

물론 힘을 조절했지만 레프트 훅을 보디에 날리면 상대의 오른쪽 옆구리, 다시 말해 간장을 때릴 수 있다.

간장은 몸의 부위 중 일격에 쓰러뜨릴 수 있는 급소. 건달은 몸부림치며 바닥에 쓰러졌다.

"포박!"

"네!"

내 명령에 뒤에서 대기하던 병사가 순식간에 포박했다.

그 모습을 본 건달들이 잠시 당황했지만, 우리를 쓰러뜨리지 않으면 살아날 수 없다고 판단했는지 다시 공격해왔다.

그러나 이곳에 있는 사람들은 각국의 정예 병사들.

우리를 공격한 건달들은 순식간에 포박됐다.

처음 한 명을 쓰러뜨린 나는 다른 건달들을 병사들에게 맡기고 제일 먼저 영주의 집무실로 갔다.

도중에 집사나 메이드와 마주쳤지만 그들은 내 걸음을 전혀 방해하지 않았다.

오히려 집무실까지 안내해 주었다.

빨리 체포해 달라는 뜻이겠지. 수고를 덜어서 다행이다.

그렇게 원활하게 집무실에 도착한 나는 노크도 하지 않고 집무실 문을 걷어찼다.

"뭐냐, 넌?! 아까부터 시끄럽잖아!"

"나는 담 잠정 정부 사람이다! 네게 체포장이 발부됐다! 얌전히 있어! 저항하면 용서하지 않겠다!"

"뭐?! 갑자기 뭔 개소리야?! 웃기지 말라고!"

집무실에 있던 의원은 도저히 정치가답지 않은 말투로 반론한 뒤 검을 뽑아 공격했다.

그러나 범죄 조직 인간이라 해도 결국은 초보자.

여유롭게 검을 피한 뒤 손날로 손목을 쳐 의원의 검을 떨어뜨렸다.

아파서 신음하는 의원에게 다가가 손을 뒤로 꺾고 그대로 수갑을 채워 포박했다.

"이거 풀라고, 이 자식! 웃기지 마!"

포박되어서도 시끄럽게 굴었기에 재갈을 물렸다.

재우는 마법 같은 건 쓰지 못하니까.

이렇게 내가 담당한 의원은 순식간에 체포됐다.

참고로 이 녀석은 엘리 습격의 흑막이 아니다.

그쪽을 담당하는 사람은…….

오그 녀석, 과도하게 집행하지는 않았으면 좋겠는데.

◆

한편 아우구스트가 향한 도시는 우르스트.

그 시민증이 발행된 도시다.

그 영주관 앞에선 먼저 게이트에서 나온 각국의 정예 대원들…… 병사와 각국의 경찰관 등이 문지기와 대치하고 있었다.

"갑자기 찾아와서 뭐 하는 놈들이야?! 빨리 돌아가!"

문지기는 갑자기 나타난 그들이 입고 있는 옷과 분위기로 보아 적대 조직 사람이 아닌 공적인 조직 사람이라는 것을 금방 알아차렸다.

이 저택엔 비합법적인 것들로 가득하다.

따라서 공적 기관에서 나온 사람을 저택에 들여보낼 수는 없었다.

필사적으로 내쫓으려 한 문지기는 혼자서 성큼성큼 다가오는 사람을 발견했다.

"이봐! 내가 한 말 못 들었어?! 냉큼 돌아가라고!"

그렇게 말하며 다가오는 사람에게 손을 뻗었지만…….

그 손은 오히려 상대에게 붙들렸다.

"이 손은 뭐지?"

그 인물…… 아우구스트는 손을 뻗은 문지기를 차가운 눈으로 바라보았다.

"힉!"

그 차가운 눈동자에 문지기는 자신도 모르게 비명을 질렀다.

그렇게 겁에 질린 문지기를 내팽개친 아우구스트는 영주관의 문을…….

"엥?!"

마법으로 날려버렸다.

커다란 소리와 함께 날아간 철문.

그 광경에 문지기뿐만 아니라 함께 따라온 정예 대원들도 넋이 나갔다.

혼자서 그 광경을 만든 아우구스트만이 태연히 부지 안으로 들어갔다.

"가자."

짧게 그렇게만 말하고선 영주관을 향해 걸었다.

불만을 늘어놓거나 제안이라도 했다간 아우구스트의 화를 사게 될 것이다. 그만큼 화났다는 것을 깨달은 정예 대원들은 그 이후 아우구스트의 행동에 참견하지 않으려 했다.

그리고 그것이 정답이었다.

영주관 정면의 현관에 도착한 아우구스트는 이번에도 열지 않고 그대로 날려버렸다.

문 너머에는 사람이 없었는데, 이렇게 화가 났으면서도 사람이 없다는 것을 확인하고 행동한 것을 보면 화는 났지만 냉정했다. 그리고 정예 대원들은 아우구스트가 이렇게 거칠게 행동하는 것을 보면 아까 자신들의 판단이 틀리지 않았다고 실감했다.

이런 상태의 아우구스트에게는 도저히 무서워서 말을 걸 수 없다.

문을 날려버린 아우구스트는 성큼성큼 영주관 안으로 들어갔다.

당연한 듯이 나타난 건달들은 아우구스트가 전개한 물리 장벽에 가로막혀 접근할 수도 없었다.

정예 대원들은 그저 아우구스트의 뒤를 따랐고, 습격한

건달들을 공무 집행 방해죄로 체포하는 작업을 묵묵히 반복했다.

여기까지 아우구스트는 자신의 정체를 밝히지 않았다.

이곳 사람들에게 아우구스트는 침략자에 불과했다.

그러나 아우구스트의 걸음을 막을 수 있는 사람은 아무도 없었다.

아우구스트를 정면에서 본 비전투원인 메이드가 비명을 지른 뒤 눈을 뒤집고 기절한 일도 있었다.

뒤에서 따라오던 정예 대원들은 얼마나 무서운 표정인지 궁금하면서도 곧 찾아올 의원과의 대치에 긴장을 숨길 수 없었다.

미리 영주관의 지도를 확인해 집무실까지 헤매지 않고 도착한 아우구스트는 이번에도 노크 없이 걷어찼다.

"뭐냐?! 무슨 일이냐?!"

지금까지의 소동을 듣고 있었는지 방안에 있던 의원은 검을 들고 경계하고 있었다.

그러나 설마 문을 부수고 침입할 줄은 몰란 던 모양이다.

그는 놀라움을 감추지 못했다.

"……나는 아우구스트. 아우구스트 폰 알스하이드다."

아우구스트가 그렇게 밝힌 순간, 의원의 안색이 변했다.

놀람과 분노로 새빨갰던 얼굴이 순식간에 창백해졌다.

위험하다. 어떻게든 변명하지 않으면 목숨을 부지할 수 없다.

그렇게 판단한 의원은 전력을 다해 시치미를 떼기로 했다.

"아, 알스하이드의 왕태자님께서 이런 곳까지 무슨 일이십니까? 그, 그리고 아무리 대국의 왕태자님이라 해도 다른 나라 의원의 저택에 무단으로 침입하시면……."

그렇게 말한 의원에게 아우구스트가 서류를 내밀었다.

"이번에 나는 알스하이드 사람으로 온 것이 아니다. 얼티밋 매지션즈로서 의뢰를 맡아 이곳에 있다."

"네? 의뢰?"

의원은 순간 무슨 말인지 알 수 없었지만 바로 떠올렸다.

얼티밋 매지션즈는 초 국가적 조직이라는 것.

의뢰가 있으면 각국 어디로든 갈 수 있는 권한이 있다는 것.

그렇게 생각하고서 아우구스트가 내민 서류를 읽기 시작했다.

그리고 거기서 경악할 만한 내용을 확인했다.

담의 전권 위임, 의원 제도 폐지, 왕권 부활, 이스 신성국의 일시적인 통치 등등.

이것은 지금까지 자신이 얻은 이권을 전부 몰수한다는 내용의 서류였다.

의원은 갑작스러운 일에 화가 나 서류를 든 손이 떨렸다.

"이, 이건…… 이런 게 허락될 리가! 가짜다! 이 서류는 가짜다!"

아우구스트는 그렇게 외친 의원 앞으로 또 한 장의 서류를 내밀었다.

"뭐지?! 또 서류가?! 이번엔 또 무슨……."

소리치며 서류를 받은 의원은 내용을 읽고서 얼굴이 창백해졌다.

거기엔 절대로 들키지 않으리라 여겼던 갖가지 범죄 내용이 나열되어 있었다.

그중에서도 큰일인 것은 알스하이드 왕태자비 암살 미수 혐의가 적힌 것.

눈앞에 있는 사람은 그 남편인 왕태자.

거기다 그 유명한 얼티밋 매지션즈의 부장이다.

큰일이다, 이것을 인정했다간 확실하게 죽는다.

그렇게 생각한 의원은 어떻게든 모면려고 발버둥 쳤다.

"이, 이게 뭡니까? 이건 제가 한 일이……."

"미안하지만 모든 증거가 갖춰졌다. 변명할 수 있을 거라 생각하지 마라."

"즈, 증거라니 뭡니까?! 있으면 제시해 주시죠!"

의원은 범죄 조직에서 살아온 사람이다.

이런 인간일수록 신중해서 증거가 나지 않도록 행동하는 법이다.

따라서 증거가 없을 것이라고 자신 있게 말했다.

그러나 아우구스트는 한숨을 쉬고 마치 오물을 보는 시선으로 의원을 보았다.

"이런 상황에서도 발뺌하는군. 좋다, 보여주지."

그렇게 말한 아우구스트는 녹음기를 꺼냈다.

그것을 재생하니…… 부하에게 명령하는 의원의 목소리와 승낙하는 부하의 목소리. 그리고 그 부하가 어느 상인을 협박하는 말이 흘러나왔다.

"이게 어떻게……."

"이건 녹음기다. 여기엔 목소리를 녹음할 수 있지. 알스하이드에선 충분히 증거로서 효력이 있다고 인정받고 있다."

이건 증거가 될 수 없다고 주장하려 했지만 아우구스트가 먼저 선수를 쳤다.

이제 어쩔 수 없다. 그러나 제일 곤란한 왕태자비 암살 미수는 증거가 없을 것이다.

그 일만 넘어갈 수 있다면 약간의 복역으로 출소할 수 있을지도 모른다.

그렇게 생각하고 그 점을 추궁하기로 했다.

그것이 악수가 될 줄은 꿈에도 모른 채.

"그, 그럼! 이 왕태자비 암살 미수는 대체 뭡니까?! 이런 큰 사건의 범인이 저라면 분명한 증거가 있는 거겠죠?!"

그렇게 말한 의원은 이번에야말로 자신이 있었다.

그러나 이내 그 말을 한 사실을 후회했다.

아우구스트에게서 강렬한 위압감이 뿜어져기 때문이다.

마법을 쓸 수 없는 사람에게도 보일 정도로 가시화된 마력에 의원이 압도됐다.

말하지 말 걸 그랬어! 화를 돋우고 말았어! 그렇게 생각했지만 이미 엎질러진 물이다.

살해당한다! 그렇게 생각했지만 의외로 아우구스트는 공격하지 않았다.

대신 품에서 두 개의 작은 물건을 꺼냈다.

"이, 이건……?"

"보고도 모르겠나? 시민증이다."

"그, 그건 압니다만…… 이건 왜?"

어째서 시민증을 꺼냈는지 알 수 없었던 의원이 조심스럽게 묻자 오그가 차가운 시선으로 설명을 시작했다.

"이 시민증에는 언제 어디서 발행됐는지 표기된다."

"……네?"

아우구스트의 말에 의원은 바로 반응하지 못했다.

"몰랐나? 실은 나도 몰랐지. 신이 그걸 발견했는데…… 뭐, 발견한 당시엔 별것 아니라고 생각했지."

아우구스트는 그렇게 말하고 시민증을 의원 앞에서 살랑살랑 흔들었다.

"이 시민증은 지난번 왕성에서 소란을 일으킨 범인이 갖고 있었다. 그리고……."

그 말에 그제야 의원도 사태의 심각성을 깨달았다.

"아! 아니……."

"이 시민증에는 3년 전, 이 도시에서 발행됐다고 적혀 있었지."

"아…… 아……."

"시민증 관리는 나라에서 한다. 도시에선 영주지. 멋대로 발행할 순 없어. 그런데 이건 3년 전에 여기서 발행된 것이다. 이상하지 않나? 이걸 지닌 사람은 22세였지. 신도 아니고 그 나이가 될 때까지 시민증이 없는 게 가능할 것 같나?"

"……."

"즉, 이 시민증은 영주의 권한으로만 발행된다. 그리고 범인이 그것을 갖고 있었다. 네가 발행한 게 분명해. 이 이상의 증거가 있을까?"

아우구스트의 추궁에 의원은 반론할 수 없었다.

"으, 으아아!"

아우구스트를 향해 힘껏 검을 내리쳤지만 맞을 리가 없었다.

조금 강한 전격으로 공격하자 의원이 맥없이 쓰러졌다.

"……후우."

쓰러진 의원을 본 아우구스트는 숨을 내쉬고서 계속 뒤에서 대기하던 정예 대원들에게 말했다.

"미안하지만 포박을 부탁하지."

그렇게 말한 아우구스트는 영주관 밖으로 나가 크게 심호흡했다.

"이걸로…… 드디어 끝났군."

4년 전부터 이어진 왕태자비 엘리자베트 습격 사건이 진정한 의미로 종식된 순간이었다.

◆

내가 담당한 의원을 체포장으로, 영주관에 상주하던 건달들을 공무 집행 방해 현행범으로 체포한 나는 담의 회의실로 돌아왔다.

"수고했어, 신 군. 잘 해결했니?"

돌아온 나를 맞이한 예카테리나 씨는 마치 어머니가 아들에게 심부름은 잘 마쳤는지 확인하듯 그렇게 물었다.

"잘 해결했어요. 그것보다 왜 그렇게 아이를 대하듯 물어보시는 건가요?"

내가 황당해하며 그렇게 묻자 예카테리나 씨가 환하게 웃었다.

"그야 어머니가 아들을 걱정하는 건 당연한……."

"잠깐! 그러니까 그러지 말라고요!"

나는 다급히 주위를 둘러보았다.

그러자 주위에 있던 사람들은 그 소문을 아는지 역시 그랬구나, 하는 얼굴로 미적지근한 시선을 보냈다.

하아…… 정말로 집안뿐만 아니라 일반적으로도 퍼지기 시작했네…….

그 사실에 골치 아파하고 있으니 게이트가 열렸다.

"다녀왔습니다."

"어서 와요, 전하. 결과는?"

"전부 체포했습니다. 죽이진 않았죠."

"그렇군요, 다행이에요."

예카테리나 씨는 그렇게 말하며 잘했다는 표정으로 미소 지었다.

그보다 우리는 확실히 예카테리나 씨의 자식이라 해도 될 연령이긴 한데 나와 오그는 22살이고 오그는 한 아이의, 나는 세 아이의 아버지잖아.

이제 좀 아이처럼 대하지 않았으면 좋겠는데.

"음. 다른 쪽도 돌아온 모양이군."

예카테리나 씨와 그런 대화를 나누고 있으니 계속해서 게이트가 열렸다.

"다들 수고했어요."

"아, 교황 예하! 다녀왔습니다!"

"네, 수고했어요."

"체포 완료했습니다."

"응, 잘했어요."

"이쪽은 전원 투항했기에 문제없이 해결할 수 있었습니다."

"어머나, 후후, 굉장하네요."

"조금 때려줬지만 죽이지는 않았어요."

"어머, 저항했나 보네요. 다치진 않았어요?"

마리아, 토니, 마크, 린이 완료 보고를 할 때마다 예카테리나 씨가 일일이 수고의 말을 건넸다.

그 모습은 그야말로 자애로운 어머니라 할 수 있었다.

아, 그렇구나. 예카테리나 씨는 우리를 아이처럼 대하는 게 아니라 모든 사람이 자신의 아이라고 생각하는 거야.

그래서 상대의 나이에 상관없이 아이를 대하는 어머니처럼 대응하는구나.

그렇게 생각하니 예카테리나 씨의 태도를 이해할 수…….

"아, 신 군. 이 일이 끝나면 오늘도 집으로 갈게. 오늘 있었던 일을 들려줘."

……이유는 알겠는데, 이해하겠는데, 정말 좀 그만뒀으면 좋겠다.

나는 예카테리나 씨의 자유분방하고 다른 사람이 오해할 만한 언동에 골머리를 앓았다.

오그는 그런 행동이 어머니의 말에 골치 아파하는 아들 같아서 오해가 더 커지는 법이라고 말했다.

그럼 어떡하면 좋은데?!

어쨌든 담 국내의 불온분자를 전부 체포하고 군주제도 부활시켰다.

히이로 씨는 군주제를 철폐한다고 했지만 전생의 기억이 있었기에 왕족은 손대지 않고 상징으로 남겨두었다고 한다.

귀족들도 어느 날 갑자기 귀족 지위를 발탁당했지만 원래부터 행정에 관여했던 사람들이다.

자신들의 이권에만 관심이 있는 의원들은 몰랐을 테지만 귀족 출신자들은 공무원이 되어 일하는 사람이 많았다.

그러지도 못한 사람은 지금 어쩌고 있는지 알 수 없다고 한다.

뭐, 귀족 지위에 복귀한 사람 말에 의하면 그런 인물은 귀족으로서도 문제가 있는 인물이고 능력도 없으니 방치해도 상관없다는 모양이다.

오히려 자신들이 원한을 사지 않고 무능한 귀족을 도태시켰으니 예상치 못한 장점이라고 웃었다.

……귀족이란 참 무섭네.

예카테리나 씨에게 히이로 씨와 대화할 때 약속했던 이야기는 월포드 저택으로 돌아간 뒤에 이야기했다.

나와 히이로 씨가 이쪽과는 다른 세계의 기억을 지니고 있다는 것.

아마도 내 전생과 같은 고향이었다는 것. 히이로 씨가 그것을 알아차렸다는 것.

자신과 같은 세계에서 전생했는데 나만 축복받은 환경에서 자란 사실을 질투하고 증오해, 이쪽에선 아직 발표되지 않은 금기인 마석을 섭취했고, 나를 향한 증오로 마인이 되었다는 것을 설명했다.

이야기를 마치자 예카테리나 씨가 조용해졌다.

"전생…… 그렇구나, 그래서……."

예카테리나는 의미심장하게 중얼거렸다.

"저기, 무슨 말이에요?"

"왜, 신 군을 처음 만났을 때, 신 군은 신이 보낸 사자가 아닌지 물었잖아? 그때 신 군이 조금 동요했지?"

"……아, 그러고 보니 그런 일도 있었죠."

"거기서 동요한 건 전생의 기억을 갖고 태어났기 때문에 뭔가 신의 의도가 반영된 게 아닌지 생각한 거지?"

"아, 맞아요. 뭐, 실제로 신을 만난 적은 없지만 혹시나 했거든요."

"방금 이야기를 들으니 이제야 그 의문이 해결됐어. 이제야 좀 시원하네."

"그렇군요. 그나저나……."

"왜?"

"아니, 예카테리나 씨도 그렇지만 다른 사람들도 이런 이야기를 들어도 놀라지 않는구나 싶어서요."

"그야 당연하지. 오히려 신 군이 이상할 정도로 강한 원인을 이해할 수 있어."

예카테리나 씨가 그렇게 말하자 그곳에 있는 오그와 시실리까지 고개를 끄덕였다.

뭐, 아무렴 어때.

그런 대화를 나누고 며칠 후, 체포한 의원들과 그 주변 인물을 자백 마도구를 사용해 심문한 결과, 처음에 엘리를 노린 범인도 우르스트의 의원이라는 사실이 판명됐다.

도시를 다스리는 사람이 시민증을 불법 발행해 정체를 속이는 전대미문의 사건과 두 번이나 알스하이드 왕태자비를 노린 악독함으로 그 의원은 극형을 면치 못할 것이라고 한다.

다른 의원은 징수 비리와 범죄 무마 등 다른 나라에 위법적인 약물을 팔았다는 사실이 밝혀졌고, 이쪽도 극형까지는 아니지만 상당히 무거운 벌을 받게 될 가능성이 크다고 한다.

적어도 살아있는 동안 사회에 복귀할 순 없을 것이라고.

그리고 담은 히이로 씨가 구축한 체제를 일단 전부 폐기하고 다시 군주제로 돌아갈 준비를 했다.

그러나 도시와 나라의 최고 책임자가 달라졌을 뿐, 관공서와 관청에는 기존의 공무원과 관료가 일하고 있기에 그렇게까지 큰 혼란은 일어나지 않았다고 한다.

다만 정치 형태가 변화할 때는 치안이 악화되기 쉬우니 각국이 협력해 군을 파견해 온 나라를 경계하고 있다.

이때를 노려 나쁜 짓을 하려는 사람은 전보다 무거운 벌을 받게 된다고 한다.

담의 새로운 국왕은 그 일을 저질렀던 왕의 조카로, 아직 8살이라고.

그가 성인이 되어 국정을 이끌 수 있게 될 때까지 이스 신성국이 담을 대리 통치하게 됐다.

이스는 담에 『담 총독』이라는 지위의 인물을 파견하였고, 그 사람이 담을 통치한다고 한다.

어쩐지 기한이 정해진 지배 같다.

다만 담의 국민성 때문인지 이스의 통치를 받는 것을 꺼리지 않는 듯했다.

만약 다른 나라였다면 더 심각한 내전이 벌어졌을지도 모른다.

그렇게 생각하면 혼란이 일어난 게 담이고, 이스 신성국이 그것을 해결할 수 있어서 다행이었다.

그럼 이제 히이로 씨의 마인화에 관해 검증해야겠지.

지금 마법계는 제어 마력량을 늘리는 것이 주류라서 전체적인 수준이 오른 상태다.

그러나 마력이 늘어난다면 폭주할 위험이 커진다는 뜻이다.

실제로 어느 정도의 마력량이 있으면 마인화하는지는 미지수다.

그러나 앞으로도 마력량을 늘리는 방식이 주류라면 언젠가 벌어질 문제이기도 하다.

따라서 일정 이상의 마력을 다루게 되면 그것이 폭주하지 않도록 안정시키는 마도구를 의무적으로 몸이 지니게 한다는 제안이 나왔다.

그걸 제안한 사람은 오그였다.

그 제안은 즉각 채용되었고, 내게 의뢰를 했기에 또 빈 공방과 우리 집 작업실에 틀어박히는 날이 늘어났다.

덕분에 숀과 샤를, 실버와 놀아줄 시간도 없었다.

그러나 이 마도구를 만드는 일은 앞으로 마법사가 위험하게 여겨질 일이 없기 위해 필요한 일이다.

아래층에서 들리는 즐거운 목소리를 들으면 부러워지지만 나는 필사적으로 마도구를 만들었고 드디어 마력을 항상 안정시켜 폭주하지 않도록 만드는 마도구를 만들었다.

이것으로 다소 과도한 훈련을 해도 마력이 폭주할 일이 사라졌다.

이 마도구가 발표되자, 어느 정도 마력이 큰 성인 이외에 마력이 불안정한 어린이에게도 쓸 수 있지 않을까 하는 의견이 있어서 몇 가지 실험을 거쳤고, 이 마도구를 지니면 어린아이도 마법 사용을 허가하는 법안이 나왔다.

따라서 어린이가 마법을 배울 수 있는 나이가 낮아지게 됐다.

그 기준은 메이가 마법을 처음 배운 나이에 맞춰 10살이 됐다.

이렇게 일련의 사건으로 다시 세상이 변하고 가족 구성이 변하면서도 우리는 평화로운 나날을 보냈다.

이런 날이 계속 이어졌으면 좋겠네…….

■작가 후기

『현자의 손자』 16권을 읽어주셔서 감사합니다.

요시오카 츠요시입니다.

이번 16권은 신 일행이 아닌 아이들이 메인입니다.

이야기의 주인공들이 결혼하고 아이가 태어나 모두가 행복하게 살았답니다……의 다음 이야기를 보고 싶었던 저는 아이들이 활약하는 모습을 보고 싶었습니다.

그래서 이번엔 실버를 비롯한 아이들이 활약했습니다.

뭐…… 제일 강한 게 누구인지…… 본문을 읽으신 분이라면 아실 테지만요.

어쨌든 이번 이야기는 제가 어렸을 때를 떠올리며 썼습니다.

여러분은 제일 어렸을 때의 기억은 몇 살 정도부터인가요?

저는 제일 오래된 기억이 유치원에 들어가기 전이니 네 살 정도인 것 같습니다.

두 살 어린 동생이 놀다가 크게 다치는 바람에 얼굴이 피투성이가 된 기억이 지금도 선명히 남아 있습니다.

그 후 부모님께 형이니 동생이 위험한 행동을 하는데 왜 말리지 않았냐며 혼났던 것까지가 세트입니다.

그렇게 네 살 정도부터 기억하는 저의 경험을 바탕으로 세 살인 실버는 쿠완롱에 갔던 일, 샤를이 태어나기 전에 오빠가 되는 걸 기대했던 일 등을 잊은 것으로 했습니다.

물론 동생들을 귀여워하기에 고집부리거나 떼를 써도 화내지 않는 착한 아이가 됐습니다.

이번 16권의 처음엔 아직 어린아이여서 천진난만하게 행동하던 실버가 자아가 확립해 이성적으로 행동하게 되도록 성장한 것은, 제가 썼으면서도 '성장했구나.'하고 감개무량한 마음이 됐습니다.

어쨌든 이번 16권으로 대부분의 복선은 회수한 것 같네요.

……….

회수한 것 맞죠? 깜빡한 것 없겠죠?

저는 원래 대략적인 착지점은 정해두지만 이야기의 내용 자체는 캐릭터가 멋대로 움직이게 놔두는 편이라 처음에 생각한 이야기와는 달라지는 경우가 제법 많습니다.

원래는 웹소설이지만 앞으로 어떻게 전개될지는 담당 편집자님께 플롯을 먼저 넘겨드립니다.

그 플롯에서 벗어난 경우가 어찌나 많았던지.

담당자님껜 늘 폐만 끼쳤습니다.

이번에 이 장면만큼은 쓰고 싶다고 마음먹었던 것은 실버가 다른 아이들을 지키고, 시실리가 나타나 그것을 도와주는 장면입니다.

그 부분만큼은 계속, 몇 년 전부터 쓰고 싶었던 장면이어서 어떻게든 그 장면에 도달할 수 있도록 이야기를 썼습니다.

이런 식으로 착지점과 쓰고 싶은 장면을 목표로 이야기를 쓰고 있으니 맥스와 옥타비아는 처음 예정과는 성격이 크게 달라지고 말았습니다.

……어째서일까요?

뭐, 캐릭터가 움직이는 대로 쓴 결과, 맥스와 옥타비아에게도 개성이 생긴 결과가 됐으니 그건 그것대로 잘된 일이구나 싶습니다.

애초에 이 『현자의 손자』 자체가 최초의 플롯에서 이야기가 크게 벗어났습니다.

실은 얼마 전 예전에 적었던 메모장을 발견했는데 거기에 『현자의 손자』라는 타이틀과 대략적인 설정, 플롯이 적혀 있었습니다.

그것을 봤을 때 타이틀 이외엔 맞는 게 하나도 없어서 웃음이 나오고 말았습니다.

뭐, 캐릭터 움직임에 맡겨 쓰는 것도 스토리와 캐릭터에게 기세가 생긴다는 의미에선 중요하다고 생각합니다만, 처음부터 마지막까지 치밀하게 계산된 스토리는 상당히 동경합니다.

언젠가 그런 이야기를 쓰고 싶네요.

어디까지나 희망이지만요.

그럼 이번에도 감사 인사를.

코로나 소동 속에서 많은 도움을 주신 담당자 S님.

이번에도 잔뜩 폐를 끼치고 말았습니다.

죄송합니다, 다음엔 제대로 하겠습니다…….

매번 똑같은 말을 하는 것 같네요…….

이번에도 멋진 일러스트를 그려주신 키쿠치 선생님.

실버가 성장하고 아이들이 점점 늘어나고 의상을 통째로 떠넘기는 등…… 늘 폐를 끼쳐 죄송합니다.

저는 의상을 디자인하는 재능이 없습니다…….

그리고 항상 훌륭한 만화를 그려주신 오가타 선생님, 시미즈 선생님, 니시자와 선생님께도 감사를.

만화 본편은 소설 이상의 긴장감을 훌륭하게 그려주셔서 오가타 선생님껜 매번 고개를 들 수가 없네요.

외전은 젊었던 멀린 일행을 코미컬하게, 전투 장면에선 소년 만화처럼 박진감 넘치게 그려주셨습니다.

SP는 귀여워서 무척 좋아합니다.

정말 많은 분이 도와주셔서 『현자의 손자』가 있을 수 있다는 것을 실감합니다.

무엇보다 늘 웹소설과 서적을 읽어주신 독자님이 계셨기에 가능한 일이기에 최대의 감사를 전합니다.

앞으로도 『현자의 손자』를 잘 부탁드립니다.

2022년 2월 요시오카 츠요시

■ 이번엔 몸이 안 좋을 때 작업하게 됐습니다.
무사히 작업을 마칠 수 있어서 다행입니다.

키쿠치 세이지

■ 사실 임산부를 그리는 건 처음이었습니다.

■역자 후기

안녕하세요. 역자 김덕진입니다.

'현자의 손자'도 어느덧 16권이네요. 이렇게 읽어주셔서 감사합니다.

이번 16권에선 확실히 아이들이 많이 등장했던 것 같네요. 아이들의 귀여운 모습을 볼 수 있어서 기뻤습니다.

개인적으로는 중간 삽화에서 옥타비아가 작은 왕관을 쓴 모습이 귀여웠네요. 뭔가 어른스러워 보이려고 발돋움하는 어린아이 같은 면모가 엿보였다고나 할까요? 요시오카 츠요시 작가님의 생생한 캐릭터 묘사와 키쿠치 세이지 삽화가님의 미려한 그림 덕분에 캐릭터의 매력이 돋보였던 것 같습니다.

어쨌거나 이제 작가님 말씀처럼 복선도 회수되고 완결이 가까워진 느낌이네요. 마지막까지 얼마 남지 않았으니 조금 더 함께해 주셨으면 좋겠습니다.

그럼 17권으로 다시 인사드리겠습니다.

감사합니다.

현자의 손자 16
사면초가의 전생자

초판 1쇄 발행 2025년 9월 10일

지은이_ Tsuyoshi Yoshioka
일러스트_ Seiji Kikuchi
옮긴이_ 김덕진

발행인_ 최원영
본부장_ 장혜경
편집장_ 김승신
편집진행_ 권세라 · 최혁수 · 김경민 · 최정민
편집디자인_ 양우연
국제업무_ 박진해 · 조은지 · 남궁명일
관리 · 영업_ 김민원 · 조은걸

펴낸곳_ (주)디앤씨미디어
등록_ 2002년 4월 25일 제20-260호
주소_ 서울특별시 구로구 디지털로32길 30 코오롱디지털타워빌란트 1301-1308호
전화_ 02-333-2513(대표)
팩시밀리_ 02-333-2514
이메일_ lnovellove@naver.com
L노벨 공식 카페_ http://cafe.naver.com/lnovel11

ISBN 979-11-278-8396-6 04830
ISBN 979-11-278-3969-7 (세트)

값 8,500원

VTuber인데 방송 끄는 걸 깜빡했더니 전설이 되어있었다 1~8권

나나토 나나 지음 | 시오 카즈노코 일러스트 | 박경용 옮김

화려한 VTuber가 다수 소속된 대형 운영회사 라이브온.
그곳의 3기생이며『청초』VTuber인 코코로네 아와유키.
“역시 롱캔 따는 소리는 최고야!”
“응? 완전 꼴리거든?”
“내가 마마가 될 거야!”
하지만 그녀의 부주의로 방송을 제대로 안 끈 결과,
본래 성격(주정뱅이, 호색, 청초(VTuber))을 드러내고 마는데?!
“클립 엄청 따갔어?! 트렌드 세계1위?! 동시 시청자 수 실화냐고!!!”
이게 웬일, 갭이 호평을 받으며 인기 대폭발!
그 결과…… “으랏차—! 방송 시작한드아!”

모든 걸 내려놓은 그녀는, 대인기 VTuber의 길을 달려간다!!

라이트노벨의 새로운 빛! L노벨의 신간은 매월 10일에 발매됩니다. http://cafe.naver.com/lnovel11